國家社會科學基金重大招標項目（16ZDA174）

『十四五』時期國家重點出版物出版專項規劃項目

2021—2035年國家古籍工作規劃重點出版項目

國家古籍整理出版專項經費資助項目

歷代唐詩經典選本叢刊

詹福瑞　張廷銀　主編

河岳英靈集

（唐）殷璠　編撰　任文京　整理

鳳凰出版社

圖書在版編目（CIP）數據

河岳英靈集 /（唐）殷璠編撰 ；任文京整理.
南京 ：鳳凰出版社，2024. 8. --（歷代唐詩經典選本叢刊 / 詹福瑞，張廷銀主編）. -- ISBN 978-7-5506-4141-9

Ⅰ. I222.742

中國國家版本館CIP數據核字第20244FZ083號

書　　名	河岳英靈集
著　　者	(唐)殷　璠 編撰　任文京 整理
責任編輯	李相東
裝幀設計	姜　嵩
責任監製	程明嬌
出版發行	鳳凰出版社(原江蘇古籍出版社) 發行部電話025-83223462
出版社地址	江蘇省南京市中央路165號,郵編:210009
照　　排	南京凱建文化發展有限公司
印　　刷	江蘇鳳凰通達印刷有限公司 江蘇省南京市六合區冶山鎮,郵編:211523
開　　本	890毫米×1240毫米　1/32
印　　張	6.375
字　　數	149千字
版　　次	2024年8月第1版
印　　次	2024年8月第1次印刷
標準書號	ISBN 978-7-5506-4141-9
定　　價	68.00圓

(本書凡印裝錯誤可向承印廠調換,電話:025-57572508)

毛子晉刻本集下增序字

毛本無殷璠字

庸毛作傭

河岳英靈集、

唐丹陽進士殷　璠

敘曰夫文有神來氣來情來有雅體野體鄙體俗體編紀者能審鑒諸體委詳所來方可定其優劣論其取捨至如曹劉詩多直語少切對或五字並側或十字俱平而逸駕終存然挈瓶庸受之流責古人不辨宫商徵羽詞句質素恥相師範於是攻異端妄穿鑿理則不足言常有餘都無興象但貴輕艷雖滿篋笥將何用之自蕭氏以還尤增矯飾武德初微波尚在貞觀末標

莫友芝藏本(莫本,中國國家圖書館藏)書影

河嶽英靈集

唐丹陽進士殷璠

敘曰夫文有神來氣來情來有雅體野體鄙體
俗體編紀者能審鑒諸體委詳所來方可定其
優劣論其取捨至如曹劉詩多直語少切對或
五字並側或十字俱平而逸駕終存然挈瓶庸
受之流責古人不辯宮商徵羽詞句質素恥相
師範於是攻異端妄穿鑿理則不足言常有餘
都無興象但貴輕艷雖滿篋笥將何用之自蕭
氏以還尤增矯飾武德初微波尚在貞觀末標

嘉靖覆宋刻本(毛本,中國國家圖書館藏)書影一

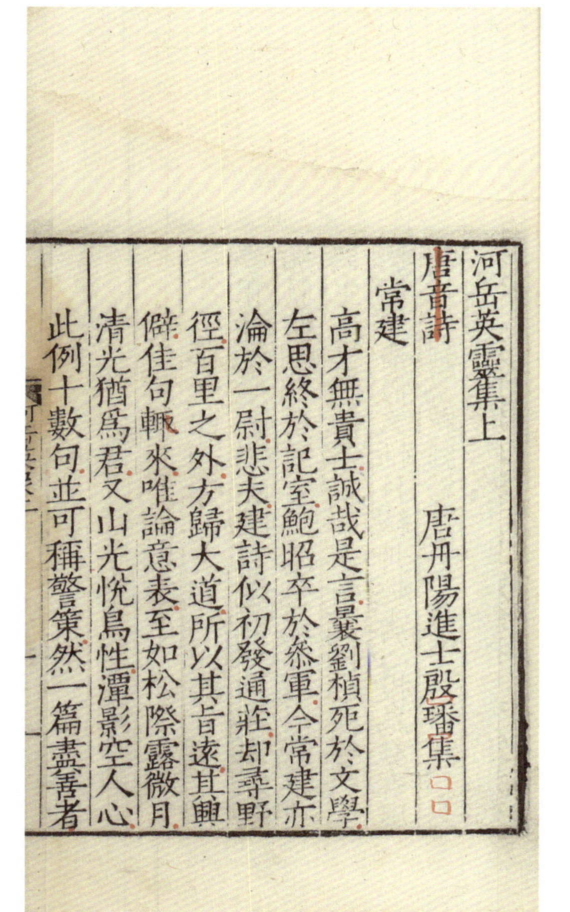
河岳英靈集上

唐音詩　　唐丹陽進士殷璠集

常建

高才無貴士誠哉是言曩劉楨死於文學左思終於記室鮑昭卒於叅軍今常建亦淪於一尉悲夫建詩似初發通莊却尋野徑百里之外方歸大道所以其旨遠其興僻佳句輙來唯論意表至如松際露微月清光猶爲君又山光悅鳥性潭影空人心此例十數句並可稱警策然一篇盡善者

嘉靖覆宋刻本（毛本，中國國家圖書館藏）書影二

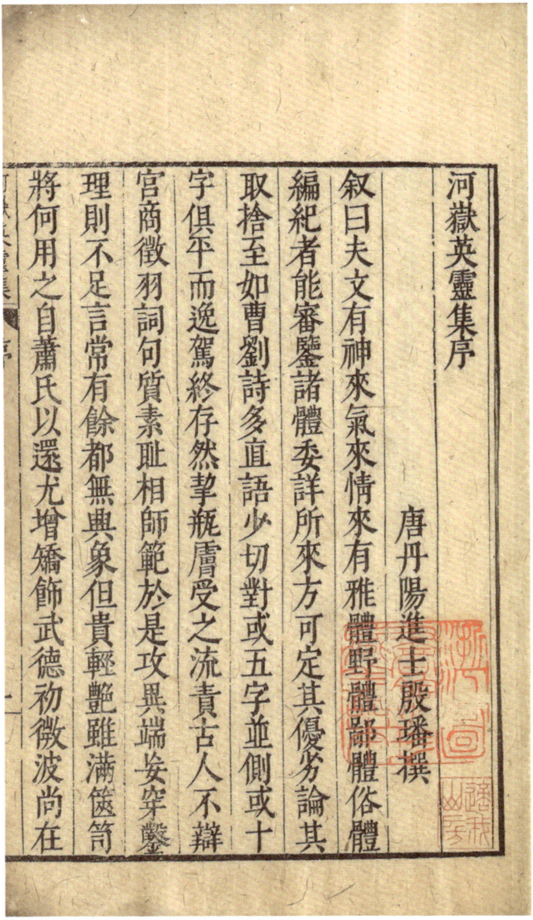

河嶽英靈集序

唐丹陽進士殷璠撰

叙曰夫文有神來氣來情來有雅體野體鄙體俗體編紀者能審鑒諸體委詳所來方可定其優劣論其取捨至如曹劉詩多直語少切對或五字並側或十字俱平而逸駕終存然挈瓶膚受之流責古人不辯宫商徵羽詞句質素耻相師範於是攻異端妄穿鑿理則不足言常有餘都無興象但貴輕艷雖滿篋笥將何用之自蕭氏以還尤增矯飾武德初微波尚在

河嶽英靈集　序　一

萬曆張世才刻《唐詩六集》本（張本，浙江圖書館藏）書影

總　序

詹福瑞

一

中國文學總集之祖，應是《詩經》和《楚辭》。但前者是經書，後者是漢代劉向所編楚辭總集。作爲一種文體，《四庫全書》又將楚辭與别集、總集并列。所以西晉摯虞編撰的《文章流别集》被視爲最早的文章總集。《隋書·經籍志》説："總集者，以建安之後，辭賦轉繁，衆家之集，日以滋廣。晉代摯虞苦覽者之勞倦，於是采擿孔翠，芟剪繁蕪，自詩賦下，各爲條貫，合而編之，謂爲《流别》。是後文集總鈔，作者繼軌，屬辭之士，以爲覃奥，而取則焉。"惜此總集未能傳世。據《晉書·摯虞傳》："撰古文章，類聚區分爲三十卷，名曰《流别集》，各爲之論，辭理愜當，爲世所重。"再從後世輯佚《文章流别論》殘文推斷，這部總集按文體分類，每一種文體都有文字討論文體特性、流變和代表性的作家作品。由此可見《文章流别集》應是最早有選有評的文章選本，可惜我們看不到它的本來面目了。據《舊唐書·經籍志》，魏晉三國南北朝時期，有吴人薛綜《二京賦音》，宋御史褚令之《百賦音》，梁人綦毋邃《三京賦音》、郭微之《賦音》，都是爲賦集作音注的書，也都亡佚。

現在所能見到最早的文章總集，就是對後代产生很大影響的昭明太子蕭統編《文選》。此總集分三十八個體類，收録先秦至齊梁文章七百餘篇，大多成爲傳播後世的經典之作。最早爲《文選》作注的是隋人蕭該，有《文選音》三卷。據《舊唐書·儒學上》，唐初，曹憲傳授《文選》，作《文選音義》十卷，另有公孫羅《文選音義》十卷，釋許淹《文選音》十卷，都曾流傳於當世。可惜唯有曹憲的學生李善注《文選》流傳下來，影響後世甚大。唐玄宗開元年間，工部侍郎吕延祚召集吕延濟、劉良、張銑、吕向、李周翰五人爲《文選》作注,即《文選》五臣注。由此可見,編纂選本,到唐代已經成爲傳統。

二

唐人選唐詩流傳到今的有十餘種,另有數種僅存書名的選本。當時選本中出現了所選詩人都有評語的選本,如《河岳英靈集》,"先概括這位詩人的風格,然後舉出他的一些佳句,開了摘句評詩的風氣"①。高仲武《中興間氣集》自序謂選詩亦"略叙品彙人倫",對所選詩人,也有評語。兩書對後代产生了深遠影響,但宋金元時期却未見這兩個選本的評注本。已知最早爲唐詩選本進行評點者,爲南宋時少章。時少章,字天彝,南宋經學家,曾受業於吕祖謙。時少章評點王安石《唐百家詩選》,其書亡佚不傳,元代吴師道《吴禮部詩話》記載了時少章評語,殊爲可貴。《吴禮部詩話》云:"時天彝詩,見下卷。其書《唐百家詩選》後諸評,深知唐人詩法者也,悉録於後。"時少章評語雖簡短,却能抓住詩人特點,如"高適才高,頗有雄氣,其詩不習而能,雖乏小巧,終是大才。岑嘉州與子美游,長於五言,皆唐詩巨擘也","盧仝奇怪,賈島寒澀,自成一家"②。明代胡應麟《詩藪》稱"南渡時天彝少章者,吾郡人。嘗評《唐百家詩》,多切中語,而詩流罕見稱述"③,評價甚高。

現存最早的唐詩選本注本爲《注解章泉澗泉二先生選唐詩》,亦稱《注解選唐詩》。此選本爲南宋中期趙蕃、韓淲編,南宋末年謝枋得注。趙蕃,字昌父,號章泉;韓淲,字仲止,號澗泉,皆上饒(今江西省上饒市)人。謝枋得,字君直,號叠山,弋陽(今江西省弋陽縣)人。南宋末年,風雨飄摇,社稷動蕩,謝枋得積極参與抗元鬥争,宋亡後拒絶出仕,不屈而死。《注解選唐詩》共五卷,收唐人七言絶句 101 首,南宋詩風

① 施蟄存《唐詩百話·歷代唐詩選本叙録》,華東師範大學出版社 2018 年版,第 562 頁。

② 丁福保輯《歷代詩話續編》,中華書局 1983 年版,第 611、613 頁。

③ 胡應麟《詩藪》雜編卷五,見《續修四庫全書·集部·詩文評類》,上海古籍出版社 2002 年版,第 1696 册,第 229 頁。

宗晚唐,故選晚唐詩人最多。謝枋得於選本前有序,稱"幽不足動天地感鬼神,明不足厚人倫移風俗,删後真無詩矣","其微言緒論關世道、繫天運者甚衆"①,强調儒家詩教的作用,是與南宋末的社會背景緊密相關的。謝枋得注解唐詩,不注字詞和典故出處,而是綜括詩意,如錢起《暮春歸故山草堂》注曰:"春光欲盡,鶯老花殘,獨山窗幽竹不改清陰,如待主人之歸。此與'歲寒然後知松柏之後凋'同意。"注語隱含了謝枋得威武不屈、貧賤不移的道德情操。謝枋得注語有時結合親身考察經歷,既深度闡釋詩歌内涵,也增加了真實性,如注解杜牧《赤壁》,詳述自己考察蒲圻赤壁及與當地父老交談的情況,顯然比在書齋坐擁古書要真切生動得多,令人耳目一新。比謝枋得稍晚的胡次焱在此基礎上復爲贅箋,是爲《贅箋唐詩絶句》,其序稱"叠翁注章澗二泉先生選唐絶句,次焱不自黯陋,復爲贅箋","其大要主于淑人心、扶世教云耳"②,其主旨與謝枋得注是一致的。

南宋末年,周弼編《唐三體詩》。周弼,字伯弼,汶陽(今山東省汶上縣)人。此書專選唐代七絶、七律、五律,故稱"三體"。當時詩壇深陷江西詩派、江湖詩派桎梏,周弼以三體唐詩爲例,强調作詩法度,以糾時弊,與以往唐詩選本相比,角度新穎,具有創新性。宋末元初釋圓至爲《唐三體詩》作注。圓至,俗姓姚,字牧潜,號天隱,高安(今江西省高安市)人。釋圓至注《唐三體詩》,在原來六卷基礎上增至二十卷,是爲《唐三體詩説》,亦稱《箋注唐賢三體詩法》。元成宗大德九年(1305),長洲陳湖磧砂寺僧魁天紀出資,刻置寺中,故又稱《磧砂唐詩》。元初詩壇宗唐,由是《磧砂唐詩》盛傳人間。釋圓至注詩,有題注、夾注、尾注等形式,頗爲詳盡,如王維《九日懷山東兄弟》"遥知兄弟登高處"下注曰:"《齊諧志》:費長房謂桓景:'九月九日汝家有灾,急令家人縫絳囊,盛茱萸繫臂上,登高飲菊花酒,此禍乃消。'九日登高起於此。"詩末注曰:"舊史稱維閨門友悌,事母孝,觀此詩信矣。維作此詩年十七。"釋圓至注也有牽强附會之處,故四庫館臣稱其"疏陋殊甚"。

---

① 曾棗莊、劉琳主編《全宋文》,上海辭書出版社、安徽教育出版社 2006 年版,第 355 册,第 107 頁。

② 李修生主編《全元文》,江蘇古籍出版社 1998 年版,第 8 册,第 233、234 頁。

《唐詩鼓吹》,金元好問編。元好問,字裕之,號遺山,秀容(今山西省忻州市)人,金代文學家。《唐詩鼓吹》專選唐代七律,以中晚唐爲主,這與金代詩風有關。金人作詩,越宋而學唐。施蟄存《唐詩百話》説:"南宋中、晚期,詩人争學晚唐五言律詩;在北方的金元,則詩人都作中、晚唐七言律詩。故南宋的《衆妙集》多取五律,而北方的《唐詩鼓吹》全取七律。"①元好問親歷了金末元初的家國巨變,金亡不仕,往來齊魯燕趙之地,其詩慷慨悲涼,而晚唐江河日下,詩風沉鬱,正與金末有相似之處。元好問除了寫詩傾吐哀怨,也借編選《唐詩鼓吹》以澆胸中塊壘。所以,《唐詩鼓吹》是金末元初特定時代、詩風宗唐以及元好問的遭遇心境等衆多因素共同催生的唐詩選本。《唐詩鼓吹》元代有郝天挺注本。郝天挺,字繼先,號新齋,元初文學家,早年師從元好問,歷任吏部尚書、中書左丞等。郝天挺注分爲題注、夾注等,詩人名下有小傳,頗爲詳盡。如柳宗元名下有小傳,《登柳州城樓寄漳汀封連四州》題下詳注永貞革新失敗及柳宗元、劉禹錫等被貶之事。許渾《題衛將軍廟》"秦兵纔散魯連歸"句下,郝天挺注引《史記·魯仲連列傳》概述始末。郝天挺明瞭元好問的編選初衷和隱含的心曲,其注深得趙孟頫稱譽。趙孟頫《左丞郝公注唐詩鼓吹序》稱:"公以經濟之才坐廟堂,以韋布之學研文字,出其博洽之餘,探隱發奥,人爲之傳,句爲之釋,或意在言外,或事出异書,公悉取而附見之。使誦其詩者知其人,識其事物者達其義,覽其詞者見其指歸,然後唐人之精神情性,始無所隱遁焉。嗟夫!唐人之於詩美矣,非遺山不能盡去取之工;遺山之意深矣,非公不能發比興之藴。"②對郝天挺注給予了很高的評價。

自殷璠《河岳英靈集》之後,諸多選本均重中晚唐而不及盛唐,元代楊士弘對此頗爲不滿,故編選《唐音》,分爲始音、正音、遺響。楊士弘,字伯謙,元末人,祖籍襄城(今河南省襄城縣),後徙居臨江(今屬江西省樟樹市)。楊士弘以"音"論詩,并非把始音、正音、遺響與初唐、盛唐、中晚唐簡單對應,而是强調選詩重"音律之純","正音"既有

---

① 施蟄存《唐詩百話·歷代唐詩選本叙録》,第568頁。

② 李修生主編《全元文》,第19册,第74—75頁。

晚唐詩人,"遺響"也有盛唐詩人。楊士弘推重盛唐,强調"音律之和協,詞語之精粹,類分爲卷,專取乎盛唐者,欲以見其音律之純,繫乎世道之盛",直接開啓了明代"詩必盛唐"的詩學觀。《唐音》面世後,影響較大,也引發了明人的評注,其中以明代顧璘批點和張震注最有價值。

三

明代前期專門的唐詩評點本很少見到,對唐詩的批評往往集中於詩話一類的著作中。注本也不多見,有成化十一年(1475)刻本《七體唐詩正音補注》二卷,乃王庸爲楊士弘所輯唐詩選本的注本。

到了明中葉,前、後七子掀起了詩壇復古運動,高倡"詩必盛唐",士人對唐詩的價值有了充分的體認,對唐詩的推崇漸成風氣,這直接促成了唐詩評點的發達。其中有敖英輯評的《類編唐詩七言絶句》,於大多數詩後都有評語,言簡意賅。還有朱梧批點《琬琰清音》,此書專録唐人五、七言律詩,據朱氏自序所言,所選七律旁及中晚唐,而五律則只取十四家。該書對詩句多有圈點,而批點大都在詩題下,多爲兩字,如"清切""深婉",極爲精要。以上這些唐詩評點大都比較簡單,點到爲止,屬於一種感悟式評點。

此時也出現了批點内容豐富且自成體系的唐詩評點本,如顧璘的《批點唐音》。顧璘,字華玉,號東橋居士,明代文學家。顧璘《題批點〈唐音〉前》稱:"余弘治間舉進士,請告還江南,始學詩,一意唐風,若所批點《唐音》,乃其用力功程也。"[①]顧璘批點,分題批、夾批、尾批、點批等多種形式,言簡意賅,頗爲精到。如王勃《杜少府之任蜀州》夾批:"多少嘆息,不見愁語。""讀《送盧主簿》并《白下驛》及此詩,乃知初唐所以盛,晚唐所以衰。"又如崔顥《黄鶴樓》題批:"此篇太白所推服,想是一時登臨,高興流出。未必常有此作。前四句叙樓名之由,後四句寓感慨之情。起句高邁,賦景且切實。"尾批曰:"一氣渾成,太白所以

① 參見楊士弘編選,張震輯注,顧璘評點,陶文鵬、魏祖欽整理點校《唐音評注》,河北大學出版社、貴州人民出版社2010年版,第18頁。

見屈。”明代温秀《批點〈唐音〉跋》稱:“大司空東橋夫子取楊士弘所編《唐音》而品題之,考其格律,比其意興,辨其體製,究其條理,所謂具正法眼持最上乘禪者。”①對顧璘批點給予充分肯定。

張震注《唐音》,不僅注出艱深字詞,還參閲史籍,廣徵博引,舉凡地名、人名、典故,一并注出。張震注詩,最突出的是增加了自己的價值判斷,如薛稷《秋日還京陝西十里作》,張震注曰:“《選詩》注云:此篇能從容於古法之中,而托音簡遠,自非拘拘模擬者所可及也。然按嗣通此詩,其自喻之意雖有凛然不可犯之色,然卒死於太平之黨,而言不掩行,良可悲也。”既肯定詩歌表達凛然之氣,也指出薛稷先後依附張易之、太平公主,終坐罪賜死。張震注詩往往獨出新意,如儲光羲《田家雜興八首》,諸多評家多着眼描摹田園實景,而張震注却認爲“要皆感時傷古、托興取喻而言也”,體察細微於此可見。張震注有時過於煩瑣,如王維《夷門歌》,張震注“秦兵益圍邯鄲急”近四百字,幾乎是《史記·魏公子列傳》的節縮版,有“掉書袋”之嫌。

另有桂天祥《批點唐詩正聲》。桂天祥,字子興,江西臨川(今江西省撫州市臨川區)人,嘉靖乙丑(1565)進士,授祁門知縣,後擢監察御史巡按山西,曾出知大名府,“考績天下第一,卒於官”。《唐詩正聲》爲高棅編選。桂天祥對《唐詩正聲》的批點,有六百二十餘條,有題下批、天頭批、夾批、尾批等。批點很少涉及詩人生平、詩歌本事、用典、主旨等,他關注的重點是一代詩風和個體詩人風格,很多評點討論的是詩歌的格調、用字、風格、布局等,議論精當,是明代唐詩選本評點中較有代表性的評點之一。

顧璘《批點唐音》和桂天祥《批點唐詩正聲》兩部唐詩選本批點本皆爲復古派詩學思潮影響下的产物,它們都尊初盛唐(尤其是盛唐),而貶抑中晚唐,它們都將“格調”作爲批點唐詩的重要元素,以批點的方式對復古派詩學思想進行具體演繹。此類批點點面結合,對唐詩有着較爲深刻的體認,并能够直觀地給讀者以導引,使其評點的唐詩以

① 參見楊士弘編選,張震輯注,顧璘評點,陶文鵬、魏祖欽整理點校《唐音評注》,第830頁。

及評點者本人的詩學觀念得到更爲直接而有效的傳播。

經過前、中期的摸索、積累，到明萬曆時期，對唐詩的評點與注釋已蔚然成風，其中僅李攀龍的《唐詩選》就有蔣一葵、王穉登、鍾惺、高江、陳繼儒、李頤、孫鑛、凌宏憲、劉孔敦、黄家鼎、葉羲昂等多家評注本。這説明復古派的詩學思想雖受到晚明性靈大潮的强烈衝擊，但仍具有一定的影響力。有的選本則通過箋注評釋來表達自己的詩學見解與主張，如《唐詩歸》與《唐詩鏡》。二書都是晚明詩學思潮影響下的重要唐詩選本，鍾惺、譚元春的《唐詩歸》對唐詩的評點不同於明中期評點本着重格調、字法句法等，而是着眼於詩人的性情、精神。不取聲響，特標性靈，要求接唐人之精神，這是吸取了公安派的合理内核來矯正七子派末流因襲模擬之弊。陸時雍所編《唐詩鏡》五十四卷，在成書時間上晚於鍾、譚的《唐詩歸》，針對格調派的"好大好高"，性靈派的"好奇好异"，力求在格調與性靈之間尋找新的突破口，常以"韶聲""睟神"之"韵"來評點唐詩，拈出了"神韵"作爲調和衆家的新的選詩取徑。郝敬所編《批選唐詩》則是針對竟陵派"别求所謂單緒微旨，不與群言伍者爲獨創，好人之所惡，是謂拂人之性"①，在評點唐詩時體現出理學家的審美視角。唐汝詢所編《唐詩解》五十卷，是一部《唐詩正聲》與《唐詩選》的合選本，唐汝詢專門將兩部以盛唐爲主的唐詩選本重新編排，合二爲一，表明他對復古派尊崇盛唐思想的支持與認同。詩後均有注解，以雙行夾注的形式附於詩句下，有正注、互注、訓注之别，均"按諸本籍，參互古書"②，其注解附於篇末，闡發詩意，類似串講。此外還有李維楨所編《唐詩雋》四卷，前有《唐詩雋論則》，主要講各體之創作法則。每一詩人初次出現時會附有簡要的小傳，題注、章節附注、眉批皆有，是一個評注合一本。

將前朝或當朝名家對唐詩所作的評注彙集在一起，使唐詩選本成爲帶有集成性質的彙評本，可以説是明代後期唐詩評注最突出的特色。如《增定評注唐詩正聲》書前《凡例》中云："是編評者悉遵劉、楊、

---

① 郝敬《批選唐詩題辭》，明崇禎元年刻本。

② 唐汝詢《唐詩解・凡例》，明萬曆四十三年刻本。

王、顧、鍾、譚、唐諸名家，于鱗評詩少見筆札，蔣評李選未必悉當，今采其合者而標爲'李云'，以便觀覽。如係近代名公定評，間爲采入而著其字；若迂談僻解，過中泛論，一無取焉。""是編評注輿論并收，間參私臆。"①由此可見其彙評性質。又如凌瑞森、凌南榮輯評《李于鱗唐詩廣選》，書前《評詩名家姓字》列殷璠、高仲武、釋皎然、蘇軾、王安石等六十家，凌瑞森、凌南榮識語中亦言："余輩既謀刻子與先生所評《唐詩選》矣，已而思寥寥數語，恐未足以盡詩之變，因廣采唐宋以及國朝諸名家議論裒益之，亦爛焉成帙。"②沈子來《唐詩三集合編》在許多詩人詩作下都引前人如劉辰翁、范德機、蔣一葵、顧璘等人評語。他如唐汝詢《彙編唐詩十集》、徐克《詳注百家唐詩彙選》、徐用吾《唐詩分類繩尺》等均帶有彙評性質。而在現今所能見到的唐詩選本中，彙評最爲豐富的當屬周珽所輯《唐詩選脉會通評林》，此書彙集評語極爲豐富，既有書前的《古今名家論括》中高棅、李維楨等八人對唐詩的統論，亦在每一詩體前引述前賢對此體的論述，并且在每一詩人名下、每首詩之後都廣引劉辰翁、嚴羽、徐獻忠、李夢陽、何景明、徐禎卿、顧璘、蔣一葵、楊慎、胡應麟、鍾惺、唐汝詢、郭濬、陸時雍等名家的評語，間附己評。如此衆多的彙評難免招致"貪多務博，冗雜特甚，疏舛亦多"③的批評，但是它將諸多名家的批評意見彙集在一起，使讀者能够從不同角度鑒賞學習、批評領悟唐詩，對於提高讀者的鑒别能力有一定幫助，也在一定程度上具有了批評史的意味。

四

目前可見清代唐詩選本的數量極爲可觀，其評注情况亦需分而論之。一類是對前代唐詩選本的再次編選、箋注、續編，有四十種左右，集中於韋縠《才調集》、周弼《唐三體詩》、元好問《唐詩鼓吹》、高棅《唐詩品彙》、李攀龍《唐詩選》、張之象《唐詩類苑》、唐汝詢《唐詩解》。如《才調集》有吴兆宜《才調集箋注》，周楨《才調集集注》，馮舒、馮班《二

---

① 高棅編、郭濬增定《增定評注唐詩正聲》，明天啓六年刊本。

② 凌瑞森、凌南榮輯評《李于鱗唐詩廣選》，明萬曆二年凌氏盟鷗館刻朱墨套印本。

③ 永瑢等《四庫全書總目》，中華書局1965年版，第1762頁。

馮評點才調集》，紀昀《刪正二馮評閱才調集》，殷元勛箋注、宋邦綏補注《才調集補注》，天闕山人《才調集七律詩選》。從類型上來説，包括重新編選的選本，如王士禛重新編選了唐人選唐詩九種，以及宋姚鉉《唐文粹》，合爲《十種唐詩選》十七卷，這十種選本僅爲詩選，未加評注。還有王士禛《唐人萬首絶句選》、宫夢仁《文苑英華選》、朱克生《唐詩品彙删》、劉邦彦《唐詩歸折衷》。補編、續編類選本，如李懷民《重訂中晚唐詩主客圖》、郭麐《唐文粹補遺》、高士奇《續唐三體詩》、悔齋學人《續千家詩》。更多的是對前代選本的箋注、評點，如《唐詩鼓吹》，有元郝天挺注，明廖文炳解，清錢朝鼒、王俊臣校注，清王清臣、陸貽典參解《唐詩鼓吹》，元郝天挺注，明廖文炳注解，清朱三錫評《東岩草堂評訂唐詩鼓吹》，清錢謙益、何焯評注《唐詩鼓吹評注》，清吴汝綸評《桐城吴先生評點唐詩鼓吹》。這些選本在清代被重新整理，原因有這樣幾個方面：一是唐宋時期的唐詩選本大多没有評注，給後人留下了評注的空間；二是唐宋人選本對後世的影響較大，流傳較廣；三是清人借此建立自己的詩學觀念，或者糾正明人的偏頗。

另一類則是清人編選的唐詩選本。由清代學者親自編纂和選定的選本占據了絶大多數，這些選本大多有箋評。僅以選詩爲務，無箋無評的選本數量不足百種，主要包括一些合選多家詩人的選本和以鈔録爲主的選本，如聶先、莊同生、党纘武《唐人咏物詩》，汪立名《唐四家詩》，胡鳳丹《唐四家詩集》，劉雲份《八劉唐人詩》《十三唐人詩》《全唐劉氏詩》，姚培謙《唐宋八家詩》，弘曆《唐宋詩醇》，管世銘《讀雪山房唐詩》，張懷溥《唐宋四家詩鈔》，曾國藩《十八家詩鈔》（有極少量的評點），陳溥《寒山拾得詩鈔》，翁方綱《七言律詩鈔》，金世綬《讀全唐詩抄》，佚名《唐詩偶録》，沈裳錦《全唐近體詩抄》，以及薛雪《唐人小律花雨集》、朱存孝《唐詩玉臺新咏》等。這些選本雖然没有箋評，但大多有前言、總序、分類題解、詩人小序等，用以闡明選詩緣由和選詩標準等。

這類選本中比較特殊的兩種是王士禛《唐賢三昧集》和蘅塘退士《唐詩三百首》，兩書在成書時没有評注，但因其對後世的影響很大，所以出現了多部箋注、評解、續編的選本，如吴煊、胡棠《唐賢三昧集箋注》，史承豫《唐賢小三昧集》，周詠棠《唐賢小三昧集續集》，文昭《唐賢三昧集前正續後編》（又名《廣唐賢三昧集》），章燮《唐詩三百首注疏》，陳婉俊《唐詩三百首補注》，于慶元《唐詩三百首續選》，李盤根《注釋唐詩三百首》，文元輔《唐詩三百首輯評》，李松壽、李筠壽《唐詩三百首箋》等。

在清代具有注釋、評點、解詩的唐詩選本還是占大多數，總量有二百種左右，但這些選本在注、評、解方面并非同等用力，而是各有側重。以箋注爲主的選本集中於試帖詩選、童蒙詩選。清代試帖詩選數量較多，有近四十種，如毛奇齡《唐人試帖》，葉忱、葉棟《唐詩應試備體》，毛張健《試體唐詩》，紀昀《唐人試律説》，吴學濂《唐人應試六韵詩》，臧岳《應試唐詩類釋》，周京、王鼎《唐律酌雅》，陶元藻《唐詩向榮集》，秦錫淳《唐詩試帖箋林》等，試帖詩選編選唐代試帖詩，大多箋釋詩歌的典故、平仄、用韵、用字等，但也會對詩歌的結構、作詩的方式等加以評解，如指出首句點題、頷聯承題、尾聯祈請語等，有的選本也會對突出的詩句作出評點。便讀類唐詩選本是給蒙童使用的讀本，在清代有十餘種，這樣的選本集中出現於清代晚期，可能與《唐詩三百首》的流行有關。如胡本淵《唐詩三百首近體》、吴淦《唐詩啓蒙》、馮匏庵《唐詩課本》、鄧尉山人《唐詩讀本》、佚名《唐詩便讀》等，作爲蒙學讀本，注重對詞意、讀音、异文、典故的注釋，同時也會對詩歌主旨、風格、詩法作出解析。

清代的唐詩選本中，有一些無箋注有評語的選本，如張揔《唐風懷》、汪森《韓柳詩選》、陸次雲《唐詩善鳴集》、岳端《寒瘦集》、毛奇齡《唐七律選》、吴震方《放膽詩》、徐倬《全唐詩録》、屈復《唐詩成法》、喬億《大曆詩略》、李懷民《重訂中晚唐詩主客圖》、陳世鎔《求志居唐詩選》等。當然，這些選本評語的類型也有所不同，如吴震方《放膽詩》是以評點爲主，屈復《唐詩成法》以分析詩法結構爲主。

此外，更多的是箋注、評點皆具，但以評點爲主的選本，如王夫之《唐詩評選》，黄周星《唐詩快》，沈德潛《唐詩别裁集》，劉宏煦、李德舉《唐詩真趣編》等，評點内容涉及詩歌内容主題、思想感情和藝術手法等多個方面，如黄周星評杜甫《短歌行贈王郎司直》："起句如太華五千仞劈地插天,安得不驚其奇崛。"[①]是很典型的詩歌評點。

以解詩爲主的唐詩選本數量較多,解詩即解析旨意、作法,這一類選本以金聖歎《貫華堂選批唐才子詩》,黄生《唐詩矩》《唐詩摘抄》,徐增《而庵説唐詩》,趙臣瑗《唐詩七言律選》,顧安《唐律消夏録》,王堯衢《古唐詩合解》,李鍈《詩法易簡録》等爲代表。事實上編選近體詩的唐詩選本在詩歌評注中大多都涉及解詩的内容,而清代的近體詩選本有近四十種。上舉的這些選本大多總結出選者自己的一套詩法理論,如金聖歎將七律分前解和後解,徐增在五律中運用金聖歎的"起承轉合"之法,趙臣瑗則細化到七律八句之間的關聯,黄生甚至歸納爲起聯總冒格、全篇直叙格、全篇全叙格、虚實相間格、顛倒叙題格等共22種詩格。而吴烶《唐詩選勝直解》則借鑒唐汝詢《唐詩解》的解詩方法,是對詩歌内容的解讀,但又避免了過度解讀,體現出其"直解"的特點,如評李白《秋登宣城謝朓北樓》:"宣城山水奇秀,秋曉尤佳。按雙橋,一名鳳皇,一名濟用,若彩虹然。橘柚因人烟而寒,梧桐經秋色而老。登斯樓也,直欲起謝公而問之,一通其羨慕之思耳。通首是詩中之畫,妙! 妙!"[②]不同於《唐詩解》"宣城山水奇秀,曉望尤佳。水明若鏡,橋架成虹,皆畫景也。人烟因橘柚而寒,秋色爲梧桐而老。斯時也,誰念我登北樓而懷謝朓乎? 蓋言調諧古人而世人知己者寡也"[③]的"揣意摹情則自發議論"[④]。

五

自唐至清,唐詩選本數量繁多,本叢書計劃整理二十餘種,選擇哪些選本進行整理,遵循了什麽樣的原則,在此需要加以説明。一是選擇在一個時期内其詩學思想具有代表性,或者在當時影響較大的選本,如殷璠《河岳英靈集》,王安石《唐百家詩選》,元好問《唐詩鼓吹》,高棅《唐詩正聲》,李攀龍《唐詩選》,鍾惺、譚元春《唐詩歸》,唐汝詢

---

① 黄周星《唐詩快》卷六,清康熙二十六年書帶草堂刻本。

② 吴烶《唐詩選勝直解》五言律詩,清康熙二十六年刻本。

③ 唐汝詢《唐詩解》卷三十三,明萬曆四十三年刻本。

④ 唐汝詢《唐詩解·凡例》,明萬曆四十三年刻本。

《唐詩解》等。對於這些選本,在整理中注意挑選精良的底本,以及後世較好的箋評本,并且不避習見,有些選本如《唐詩鼓吹》《唐詩選》《唐詩解》等,已有整理本出版,但因其價值突出、存世版本多樣,仍選擇較稀見的後世箋評本進行整理,旨在展現選本在詩歌理論發展中的重要地位。二是選擇在注釋、評點方面頗具特色的選本,如趙蕃、韓淲編,謝枋得注《注解章泉澗泉二先生選唐詩》,黄周星《唐詩快》,趙臣瑗《唐詩七言律選》,黄叔燦《唐詩箋注》,屈復《唐詩成法》等。箋評是這些選本的亮點,如阮元《注解章泉澗泉二先生選唐詩》提要云:"枋得之注能得唐詩言外之旨,可以爲讀唐詩者之津筏。"[①]黄周星《唐詩快自序》説自己選詩"不問穠澹淺深,惟一以性情爲斷"[②],其評語也極具"性情"。吴家龍在《唐詩成法》序言中稱屈復"所選注《唐詩成法》八卷,皆取法律兼備五七言近體,注其作意,以及字句相承之脉絡,使學者了然知有矩度"[③]。這些箋評不僅體現了詩歌批評形式、批評範疇的演變過程,而且揭示了唐詩的經典内涵,推動了唐詩的經典化。三是選擇帶有教學、普及性質的試帖詩選本和童蒙選本,如毛奇齡《唐人試帖》、胡本淵《唐詩三百首近體》。試帖詩選本和童蒙選本的數量在清代達到最高,乾隆二十二年(1757)恢復了中斷近四百年的科舉試詩,隨之出現大量的唐試帖詩選本,而童蒙類選本以《唐詩三百首》最爲著名、流傳最廣,目前可見清代流傳的版本已近三十種。通過這兩類唐詩選本,可以窺見中國古代以詩歌啓蒙教育和應試教育的特點,以及古人學習作詩的基本要求、核心内容,由此又可以深入探究一些古典詩歌發展史的大問題了。

---

① 阮元《四庫未收書目提要》卷一,清光緒四年淞隱閣鉛印本。

② 黄周星《唐詩快自序》,清康熙二十六年書帶草堂刻本。

③ 屈復《唐詩成法》吴家龍序,清乾隆八年刻本。

目　録

前　言

一

《河岳英靈集》,唐殷璠編選。殷璠生平不詳。《新唐書·藝文志》著録《包融詩》一卷,并稱延陵儲光羲、曲阿丁仙芝等"十八人皆有詩名。殷璠彙次其詩,爲《丹楊集》者"(《新唐書·藝文志四》,中華書局 1975 年版,第 1610 頁)。蓋殷璠與這些詩人生於同時,又都屬潤州,對所選詩人及其詩歌熟悉,故彙編爲一卷。晚唐詩人吴融《過丹陽》詩於"藻鑑難逢耻後生"句後自注云:"殷文學於此集《英靈》。"(彭定求等編《全唐詩》卷六百八十四,中華書局 1960 年版,第 7858 頁)唐代在上州設文學一名,可知殷璠曾在潤州任文學一職。

唐代的斷代詩歌選本,早於《河岳英靈集》的有《珠英學士集》《正聲集》《奇章集》《搜玉小集》等。崔融編《珠英學士集》,收録預修《三教珠英》者詩歌,各題爵里,以官班爲次,不收其他詩人。《新唐書·藝文志》著録《珠英學士集》五卷,稱"崔融集武后時修《三教珠英》學士李嶠、張説等詩"(《新唐書·藝文志四》,第 1623 頁)。胡震亨《唐音癸籤·集録二》云:"選初唐有《正聲集》《奇章集》《搜玉集》。"(胡震亨《唐音癸籤》卷三十一,上海古籍出版社 1981 年版,第 266 頁)。孫翌編《正聲集》,晚唐顧陶《唐詩類選序》

將其與《河岳英靈集》《中興間氣集》《南薰集》并列，頗爲推重，惜其亡佚。《奇章集》四卷，輯録李林甫至崔湜百餘家詩，不知撰者姓名，已佚。《搜玉小集》無選編者姓名，無序跋，所選皆初唐人詩歌。此書編排混雜，編選意圖和選詩標準不明晰。芮挺章《國秀集》編選時間與《河岳英靈集》大致相同，强調"可被管弦者都爲一集"，但通過選詩體現的詩歌主張却無新穎之處，難以與《河岳英靈集》相比。

二

《河岳英靈集》收盛唐詩人二十四家，詩歌二百三十四首。殷璠在《叙》《集論》和對詩人的品藻中，提出了鮮明的選詩標準，這也成爲殷璠的詩學主張。殷璠認爲，詩歌要講究"神來、氣來、情來"，編纂詩歌選本，要"審鑒諸體，委詳所來"，纔能"定其優劣，論其取捨"。殷璠的詩學主張，最强調風骨和興象。胡震亨稱"殷璠酷以聲病爲拘，獨取風骨"（胡震亨《唐音癸籤》卷三十一，第 267 頁）。風骨也稱氣骨。殷璠在《叙》中稱："開元十五年後，聲律風骨始備矣。"又《集論》稱"言氣骨則建安爲傳"，强調盛唐風骨上承建安風骨。具體到詩人，殷璠評高適"詩多胸臆語，兼有氣骨"，評崔顥詩"風骨凜然"。清代何焯對《河岳英靈集》總體評價不高，但對殷璠提出的"風骨"則頗爲認同，如評劉昚虚詩歌"宗仰二謝，氣骨亦復清峻"；評高適《燕歌行》"梁陳體調，却自具風骨"；評崔顥《結定襄郡獄效陶體》"不似陶而命意得建安體骨矣"。最早對風骨進行解説的是劉勰，他在《文心雕龍》中專列《風骨》一篇，稱"結言端直，則文骨成焉；意氣駿爽，則文風清焉。若豐藻克贍，風骨不飛，則振采失鮮，負聲無力"（劉勰著、王利器校箋《文心雕龍校證》，上海古籍出版社 1980 年版，第 195 頁）。意謂詩歌語言端直挺拔，志氣昂揚爽朗,感情深沉博大,纔能體現出風骨。風骨是指由語言、情感、思想等綜合而形成的一種巨大張力,讀者在閱讀詩歌時受到激勵感染,情感産生强烈共鳴。盛唐時期,國勢强盛,疆域遼闊,文化繁榮,激發出詩人渴望建功立業的宏偉拖負。在時代的感召下,詩人意氣豪邁,志向高遠,壯游山川,從軍邊塞,指斥時弊,糞土王侯。如殷璠評王昌齡:“元嘉以還,四百年内,曹、劉、陸、謝,風骨頓盡。頃有太原王昌齡、魯國儲光羲,頗從厥迹。且兩賢氣同體别,而王稍聲峻。”觀《河岳英靈集》所選王昌齡《從軍行》《望臨洮》《少年行》《城傍曲》等邊塞、游俠題材詩歌,皆透露出豪壯奮發之氣。《少年行》云:“聞道羽書急,單于寇井陘。氣高輕赴難,誰顧燕山銘。”衛國赴邊,慷慨激昂。《唐詩直解》(李攀龍輯、葉羲昂直解)評《城傍曲》曰:“莫尋其趣,亦有一種氣骨。”(轉引自陳伯海主編《唐詩彙評》,浙江教育出版社1995年版,第432頁)《從軍行》詩云:“烽火城西百尺樓,黄昏獨坐海風秋。更吹横笛關山月,無那金閨萬里愁。”雖抒發思鄉愁苦,却不令人感到悲凉哀怨,局促狹小,因爲那是守邊將士在塞外黄昏時分,傾耳聆聽横吹曲《關山月》而生出的萬里鄉愁,仍然體現出闊大、豪邁。即使是詩人科考落第,官場失意,落魄窘困,詩歌依然飽含着向上的活力,迸發出昂揚的激情。如高適《邯鄲少年游》寫的是失意,體現的却是渴望激勵奮發,給讀者展現的是詩人“英氣棱棱”的形象。其“未知肝膽向誰是,令人却憶平原君”二句,殷璠最愛,贊稱“吟諷不厭”。《唐詩直解》評此詩“氣骨高凝”,都説明詩歌藴含風骨的巨大感染力。

興象也是殷璠選詩的重要標準。殷璠在《叙》中批評齊梁詩歌“都無興象,但貴輕艷”。所謂“輕艷”,是指作詩單純講究華麗辭藻却無真實情感,以致缺失意境,没有感染力。殷璠肯定孟浩然“衆山遥對酒,孤嶼共題詩”二句“無論興象,兼復故實”;又評陶翰“既多興象,復備風骨”。興象强調的是情景交融,詩人情思與客觀外物渾然一體,難辨物我,呈現出一種詩思悠遠、韵味無窮的境界。殷璠評劉昚虚詩“情幽興遠,思苦詞奇”。如《暮秋楊子江寄孟浩然》:“木葉紛紛下,東南日烟霜。林山相晚暮,天海空青蒼。暝色空復久,秋聲亦何長。孤舟兼微月,獨夜仍越鄉。寒笛對京口,故人在襄陽。咏思勞今夕,漢江遥相望。”前八句以寫景爲主,但情思和人物已藴含其中。《唐詩歸》鍾惺云:“‘寒笛對京口’以上,一字不及孟浩然,讀其詩,已有一孟襄陽立其前矣。此法深妙,淺人不知。”(鍾惺、譚元春《唐詩歸》卷六,《續修四庫全書》本)沈德潛《唐詩别裁集》亦云:“前寫暮秋江景,寄浩然意於末四語一點,無限深情。”(沈德潛編、李克和等校點《唐詩别裁集》,岳麓書社 1998 年版,第 17 頁)全詩營造出一種空明深遠的氛圍,寫景而情在其中,寫情則含於景中,情景交融,物我合一。王士禎《漁洋詩話》稱劉昚虚詩“超遠幽敻”(王夫之等撰《清詩話》,上海古籍出版社 1978 年新 1 版,第 205 頁),喬億《劍溪説詩》稱劉昚虚詩“氣象一派空明”(郭紹虞編選、富壽蓀校點《清詩話續編》,上海古籍出版社 1983 年版,第 1082 頁),都準確地抓住了劉昚虚詩歌的特點。再如孟浩然《建德江宿》:“移舟泊烟渚,日暮客愁新。野曠天低樹,江清月近人。”唐汝詢《唐詩解》評云:“客愁因景而生,故下聯不復言情而旅思自見。”(唐汝詢編選、王振漢點校《唐詩解》,河北大學出版社 2001 年版,第 497 頁)黄叔燦《唐詩箋注》評云:“‘野曠’一聯,人但賞其寫景之妙,不知其即景而言旅情,有詩外味。”(轉引自陳伯海主編《唐詩彙評》,第 547 頁)胡本淵《唐詩近體》評云:“下半寫景而客愁自見,十字咀味不盡。”(轉引自陳伯海主編《唐詩彙評》,第 547 頁)説的都是情思與景物融爲一體,意韵悠長。許學夷《詩源辯體》評曰:“唐人律詩以興象爲主,風神爲宗。浩然五言律興象玲瓏,風神超邁。”(許學夷著、杜維沫校點《詩源辯體》,人民文學出版社 1987 年版,第 164 頁)確爲至言。

三

殷璠身處盛唐,熟悉同時代詩人的經歷和創作實踐。他呼吸着時代的氣息,感受着詩歌的脉動,關注着詩壇的風向,因此,他對盛唐詩歌感受真切,有一種天然的親近感。但是,殷璠評價盛唐詩歌,并不僅限於從他所處的時代來着眼,而是把盛唐詩歌放在漢魏以來詩歌發展的歷史中進行審視,這樣就會客觀地對盛唐詩歌進行定位,從而更加準确地對詩人及其詩歌進行評價。對於殷璠來説,回望歷史不是發思古之幽情,而是爲了更清楚地認識盛唐詩壇。在把盛唐詩歌與漢魏六朝詩歌比較的過程中,殷璠更深切地感受到盛唐詩人迸發出來的活力、激情、人生夢想和藝術追求。帶着强烈的文學史意識編選唐詩選本,使得殷璠所編《河岳英靈集》的價值超過他之前和同時代的唐代詩歌選本。在《叙》中,殷璠批評歷代選本摻雜“勢要”和“賄賂”因素,以致“銓簡不精,玉石相混”。他從“自蕭氏以還”,經“武德初”,歷“貞觀末”“景雲中”,直至“開元十五年後”,理出了一條清晰的詩歌發展脉絡。將盛唐詩歌放在流動的歷史長河中,詩歌的面貌纔能真實客觀地呈現出來。在《集論》中,殷璠再次從詩歌發展的視角申明自己遴選盛唐詩歌與以往迥然不同,“漢魏至于晋宋”仍“猶有小失”,“齊梁陳隋”則“專事拘忌,彌損厥道”,强調自己所選頗异諸家:“既閑新聲,復曉古體,文質半取,風騷兩挾,言氣骨則建安爲傳,論宫商則太康不逮。”在總結以往選本不足的基礎上突出自己的詩學主張。具體到品評詩人,殷璠仍然將其置於詩歌發展歷史中,如評陶翰“三百年以前,方可論其體裁”;評李白“騷人以還,鮮有此體調”;評崔顥“可與鮑照、江淹并驅”;評劉眘虚“自永明已還,可傑立江表”;評綦毋潛“荆南分野,數百年來,獨秀斯人”,其名句“歷代未有”;評崔國輔“樂府數章,古人不能過”;評王灣“海日生殘夜,江春入舊年”一聯,“詩人已來,少有此句”。一位詩人,一個時代的詩風,衹有放在詩歌發展的歷史進程中纔能看得更清楚。這是殷璠《河岳英靈集》優於之前和同時代唐詩選本的顯著之處,也是《河岳英靈集》成爲經典唐詩選本的要素之一。

《河岳英靈集》除了未選杜甫,基本上包括了盛唐時期的主要詩人,這説明殷璠選擇詩人頗具眼光。詩人的代表作大多都能入選,如李白《將進酒》《蜀道難》《行路難》《遠别離》《夢游天姥山别東魯諸公》《戰城南》等代表作均入選;崔顥的《黄鶴樓》《遼西》《雁門胡人歌》《贈王威古》《古游俠呈軍中諸將》《結定襄獄效陶體》等均能入選;高適入選的《營州歌》《塞上聞笛》《燕歌行》《行路難》《送韋參軍》《封丘作》《邯鄲少年游》等均爲代表作。通過所選代表作品,詩人的主導風格纔能得到充分的體現。王昌齡以七絶擅名,《河岳英靈集》選其近體詩,獨選三首七絶,居入選詩人七絶之最。在盛唐詩人中,儲光羲最致力於創作田園詩,成就也最高。殷璠選其代表作《田家事》《牧童詞》《采蓮詞》等,田園氣息濃鬱,藝術風格真樸。遴選盛唐主要詩人及其代表性詩篇或代表性詩體,這也是《河岳英靈集》成爲經典唐詩選本的要素之一。

殷璠以前的選本,選詩和品評是分開的,如蕭統《文選》、徐陵《玉臺新咏》衹選作品不加品評,而品評詩人者如鍾嶸《詩品》又不選詩。殷璠把選詩和品評結合起來,開創了選本的新形式,影響深遠。殷璠品評詩人,往往知人論世,把詩人的性格、遭遇、命運與詩歌創作結合起來,傾注自己深沉的情感。如評薛據“爲人骨鯁,有氣魄,其文亦爾”,所謂文如其人。又如對常建、王季友、孟浩然,殷璠悲憫他們的命運多舛，深情慨嘆“悲夫”，或爲李頎“惜其偉才”，或爲劉眘虚“惜其不永”，或因王昌齡不幸而“嘆惜”，或直言“所愛”高適奇句，全爲真情實感，不虚假造作。依人論詩，以詩觀人，就不是衹看到孤零零的詩篇，而是展現出生動鮮活的詩人形象，這樣纔能準確地把握詩人的心靈世界和精神氣象，纔能觸摸到詩歌中跳動着的詩人的脉搏，進而感受到時代的律動。殷璠品評詩人，往往寥寥數語就抓住詩人的主要風格特徵，展示出詩人獨特的個性。品評和選詩結合起來，便可使讀者更清楚地窺見詩人及其詩歌的基本風貌，盛唐氣象亦可由此以斑窺豹。如李白詩歌的主導風格，任華稱其“多不拘常律，振擺起騰，既俊且逸”（《雜言寄李白》），杜甫稱其“清新庾開府，俊逸鮑參軍”（《春日憶李白》），任華、杜甫均是用詩的語言描述。至殷璠編《河岳英靈集》，稱李白“故其爲文章，率皆縱逸。至如《蜀道難》等篇，可謂奇之又奇”，則是上升到品題和評論的高度，成爲李白詩風最早的概括與總結。後人論述李白詩歌風格，亦多在此基礎上展開。如嚴羽《滄浪詩話》稱“太白天才豪逸”“子美不能爲太白之飄逸”（嚴羽著、郭紹虞校釋《滄浪詩話校釋》，人民文學出版社 1961 年版，第 173、168 頁），高棅《唐詩品彙》稱“李翰林天才縱逸，軼蕩人群”（轉引自陳伯海《唐詩彙評》，第 551 頁），陸時雍《詩鏡總論》稱其“氣駿而逸”，“太白雄姿逸氣，縱横無方。所謂天馬行空，一息千里”（文淵閣《四庫全書》本），均是沿襲殷璠品評。又如殷璠品評王維“著壁成繪”，抓住了王維詩歌詩情畫意的特點，奠定了品評王維詩歌的基調。蘇軾稱王維“詩中有畫”，便是源於殷璠。殷璠品評岑參詩歌“語奇體峻，意亦奇造”，《河岳英靈集》未選岑參邊塞詩，仍能抓住“奇”這一主導風格，顯示出殷璠獨具慧眼。後人評岑參，多基於殷璠品評。如徐獻忠《唐詩品》評曰：“嘉州詩一以風骨爲主，故體裁峻整,語亦造奇。"(轉引自陳伯海《唐詩彙評》,第 787 頁)胡應麟《詩藪》評"高、岑并工起語,岑尤奇峭"(轉引自陳伯海《唐詩彙評》,第 788 頁)沈德潛《唐詩別裁集》曰:"參詩能作奇語,尤長於邊塞。"(沈德潛編、李克和等校點《唐詩別裁集》,第 27 頁)翁方綱《石洲詩話》評:"嘉州之奇峭,入唐以來所未有。又加以邊塞之作,奇氣益出。"(翁方綱著、陳邇冬校點《石洲詩話》,人民文學出版社 1981 年版,第 31 頁)殷璠對盛唐詩人最早的精準品評,也是《河岳英靈集》成爲經典唐詩選本的要素之一。

殷璠對詩人的品評,影響了後來的唐詩選家和編纂家。高仲武《中興間氣集》繼承了《河岳英靈集》編選體例,不僅品評豐富,摘句亦大量增加。計有功《唐詩紀事》被胡震亨稱爲"唐詩編輯家之巨者"(胡震亨《唐音癸籤》卷三十一,第 269 頁)。計氏評論盛唐詩人,多以殷璠品評爲圭臬。辛文房《唐才子傳》涉及盛唐詩人,也多依殷璠品評。元明清時期著名唐詩選本,如楊士弘《唐音》、高棅《唐詩品彙》、沈德潛《唐詩別裁集》等,對盛唐詩人品評,也是源於殷璠。清代編《全唐詩》,詩人簡介如王維、常建、李嶷等,仍沿用殷璠品評。

殷璠品評還影響到國外唐詩研究者。相當於清乾隆時期的朝鮮正祖李祘著《日得録》,其中涉及盛唐詩人,往往化用殷璠評語,如説王維"秀詞雅調,意新理愜,詩中有畫",評常建"通衢野徑,終歸大道"(鄺健行、陳永明、吴淑鈿選編《韓國詩話中論中國詩資料選粹》,中華書局 2002 年版,第 269 頁)。當代美國學者宇文所安(Stephen Owen)《盛唐詩》論及高適、岑参、王昌齡、王季友、盧象時,也將殷璠品評作爲評價詩人的重要標準。

《河岳英靈集》還對盛唐一些詩人的詩歌起了保存作用使之傳承而不致亡佚。如《全唐詩》收劉昚虛詩十五首,四散句,其中兩首,作者一爲張謂,一爲岑參,係誤收,其餘十三首中,即有十一首來自《河岳英靈集》,散句“歸夢如春水,悠悠繞故鄉”“駐馬渡江處,望鄉待歸舟”,也源自殷璠品評中摘句。《全唐詩》收賀蘭進明詩七首,收閻防詩五首,均來自《河岳英靈集》。《全唐詩》收李嶷詩六首,五首與《河岳英靈集》同。由此可見,劉昚虚、賀蘭進明、李嶷、閻防詩歌幾乎全賴《河岳英靈集》保存。

四

《河岳英靈集》有二卷、三卷之别。《新唐書·藝文志》著録殷璠“《河岳英靈集》二卷”。陳振孫《直齋書録解題》著録“《河岳英靈集》二卷”。《四庫全書總目》稱“《河岳英靈集》三卷”,并云:“姓名之下各著品題,仿鍾嶸《詩品》之體,雖不顯分次第,然篇數無多,而釐爲上中下卷,其人又不甚叙時代,毋亦隱寓鍾嶸三品之意乎?”(永瑢等《四庫全書總目》卷一百八十六,中華書局 1965 年版,第 1688 頁)就傳世本來看,宋刻本爲二卷,而明本系統爲三卷。現存宋刻本兩部,一爲明清之际季振宜所藏,一爲清末莫友芝所藏。二書爲同一版本,均爲每半葉十行,行十八字。季振宜藏本缺《叙》《集論》和目録,首尾有抄補。莫友芝藏本《叙》《集論》和目録齊全。據張劍《莫友芝年譜長編》,莫友芝同治五年丙寅十月二十日(1866 年 11 月 26 日)以新收《河岳英靈集》校毛晋汲古閣本。《莫友芝年譜長編》引《郘亭日記》曰:“以新收南宋本《河岳英靈集》校毛刻本,補正甚多,畢功凡三日。”(張劍、張燕嬰整理《莫友芝全集》,中華書局 2017 年版,第 348 頁)又莫友芝《宋元舊本書經眼録》附録卷一《書衣筆識·河岳英靈集》:“篇中宋諱或避或不避,惟‘廓’字寧宗嫌名,數見皆闕筆,蓋寧宗時刻也。”(莫友芝著、張劍點校《宋元舊本書經眼録　郘亭書畫經眼録》,中華書局 2008 年版,第149頁）莫友芝藏本和季振宜藏本雖爲同一版本，但仍有區别。季振宜藏本“廓”字皆未闕末筆，而莫友芝藏本“廓”字皆闕末筆。這一現象説明，季振宜藏本印次在前，莫友芝藏本爲修版之後印次。

本次點校，以中國國家圖書館藏莫友芝藏本爲底本，簡稱“莫本”。參校各本情况如下：

1. 毛晋汲古閣刻本《河岳英靈集》，中國國家圖書館藏，每半葉八行，行十九字。毛晋於明末崇禎元年（1628）彙集刊行《唐人選唐詩八種》，包括《御覽詩》一卷、《篋中集》一卷、《國秀集》三卷、《河岳英靈集》三卷、《中興間氣集》二卷、《搜玉小集》一卷、《極玄集》二卷、《才調集》八卷。汲古閣刻本《河岳英靈集》存世藏本較多，本次參校選擇傅增湘校跋并過録何焯批校題識本。簡稱“汲本”。

2. 嘉靖覆宋刻本，中國國家圖書館藏，每半葉十行，行十八字。嘉靖年間有覆宋刻唐人選唐詩數種，此爲其中之一。此本行款與上述宋本一致，然而内容却有所不同。除分卷之异外，此本目録之首有啓文一則，詩中有校記“一作某”云云，皆爲宋本所無，文字也與宋本有所差异，頗疑另有所據。此本中有朱筆批校，出自毛晋之子毛扆。卷末跋識云：“壬戌五月廿一日從舊鈔本校一過。毛扆。”簡稱“毛本”。

3. 隆慶楊巍刻本，上海圖書館藏，每半葉九行，行十八字。楊巍爲明嘉靖時人，《明史》有傳。楊巍刻《六家詩選》，楊綵校，收《國秀集》《河岳英靈集》《中興間氣集》《極玄集》《搜玉小集》《篋中集》，刊於隆慶三年（1569）。簡稱“楊本”。

4. 萬曆大字本，中國國家圖書館藏，每半葉九行，行十五字。鄭振鐸於1958年初購得《唐人選唐詩六種》，包括《河岳英靈集》三卷、《篋中集》一卷、《唐詩極玄集》二卷、《國秀集》三卷、《中興間氣集》二卷、《搜玉小集》一卷，凡六册，刊刻者不詳。鄭振鐸於書前有題識，鑒定爲萬曆刻本，稱“萬曆大字本”。簡稱“鄭本”。

5. 萬曆張世才刻本，浙江圖書館藏，每半葉九行，行二十字。張世才刻《唐詩六集》，張世和校，今存《河岳英靈集》《國秀集》《極玄集》三種。此本與他本不同處，爲每位詩人名下均增加小傳，却無殷璠品評。簡稱“張本”。

6. 沈曾植藏明刻本，每半葉十行，行十八字。涵芬樓《四部叢刊初編》中的《河岳英靈集》即據此影印。簡稱“沈本”。

五

本次點校，格式方面有以下幾種情況：

1. 校勘采用對校法，底本文字保持原貌，不做改動。參校各本與底本文字不同處，均出校記，但异體字一般不出校記。

2. 莫友芝以宋刻二卷本校毛晋汲古閣刻本，其校記以“莫校”標出。莫友芝校記“毛作××”，“毛”係指毛晋汲古閣刻本，與本次參校毛扆校本簡稱“毛本”不同。

3. 莫友芝原校有筆誤者，一般不予改動，加“按”予以説明。

4. 底本和參校各本异體字較多，且不統一。本次點校一般使用規範的繁體字，儘量不使用异體字。若“莫校”中有改正异體字者，底本則保留异體字，如儲光羲“品藻”引詩“山門入松栢”，莫校爲“柏”，底本則保留异體字“栢”。

5. 底本文字脱或有墨丁處，依其他參校本補之。各參校本文字脱或有墨丁處，均在校記中加以説明。

河岳英靈集[1]

唐丹陽進士殷璠

或曰[2]：梁昭明太子撰《文選》後，相效著述者十有[3]餘家，咸自稱[4]盡善，高聽之士，或未全許。且大同至於天寶，把筆者近千人，除勢要及賄賂[5]，中間灼然可上[6]者，五分無二，豈得逢詩輒纂[7]，往往盈帙。蓋身後立節，當無詭隨，其應銓簡[8]不精，玉石相混，致令衆口謗[9]鑠，爲知音所痛。

【校記】

[1] 莫校：毛子晋刊本"集"下增"序"字。

[2] "或曰"一段文字各本皆無，遍照金剛《文鏡秘府論》和《文苑英華》存，今據遍照金剛《文鏡秘府論》（[日]遍照金剛撰、盧盛江校考《文鏡秘府論彙校彙考》，中華書局2006年版）補之。或，《文苑英華》作"序"。

[3] 有，《文苑英華》無此字。

[4] 稱，原文無，據《文苑英華》補。

[5] 賄賂，《文苑英華》"賄賂"後有"者"字。

[6] 上，《文苑英華》作"尚"。

[7] 纂，《文苑英華》作"贊"。

[8] 銓簡，《文苑英華》作"詮揀"。

[9] 謗，《文苑英華》作"銷"。

叙曰[1]:夫文有神來、氣來、情來,有雅體、野體、鄙體、俗體。編紀者能審鑒諸體,委詳所來,方可定其優劣,論其取捨。至如曹、劉詩多直語,少切對,或五字并側,或十字俱平,而逸駕終存。然挈瓶庸[2]受之流,責古人不辨[3]宫商徵羽,詞句質素,耻相[4]師範。於是攻异端,妄穿鑿,理則不足,言[5]常有餘,都無興象,但貴輕艷。雖滿篋笥,將何用之?自蕭氏以還,尤增矯飾。武德初,微波尚在。貞觀末,標格漸高。景雲中,頗通遠調。開元十五年後,聲律風骨始備矣。實由主上惡華好朴[6],去僞從真,使海内詞場,翕然尊古,南風周雅,稱闡今日。璠不揆,竊嘗好[7]事,願删略群才,贊聖朝之美,爰因退迹,得遂宿心。粤若王維、昌齡[8]、儲光羲等二十四人,皆河[9]岳英靈也,此集便以《河岳英靈》爲號。詩二百三十四首,分爲上下[10]卷,起甲寅,終癸巳。倫[11]次于叙,品藻各冠篇額。如名不副實,才不合道,縱權壓梁、竇,終無取焉。

【校記】

[1] 汲本無“叙曰”二字。莫校:毛本無“叙曰”二字。

[2] 庸,汲本、張本作“膚”。莫校:庸,毛作“膚”。

[3] 辨,汲本、毛本、沈本、楊本、張本作“辯”。

[4] 楊本脱“質素,耻相”四字。

[5] 本段自“叙曰”至此,鄭本脱。

[6] 朴,張本作“什”。

[7] 鄭本脱“嘗好”二字。

[8] 昌齡,汲本於“昌齡”上有“王”字。莫校:毛“昌”上多“王”字。

[9] 鄭本脱“四人,皆河”四字。

［10］上下，汲本作“上中下”。莫校：上下，毛作“上中下”。

［11］倫，汲本、鄭本作“論”，毛本、沈本作“綸”，張本作“編”。莫校：倫，毛作“論”。

集　論［1］

論曰：昔伶倫造律，蓋爲文章之本也。是以氣因律而生，節假律而明，才得律而清焉。寧預於詞場，不可不知音律焉。孔聖删《詩》，非代議所及。自漢魏至于晋宋，高唱者十有餘人，然觀其樂府，猶有小失。齊梁陳隋，下品實繁，專事拘忌，彌損厥道。夫能文者匪謂四聲盡要流美，八病咸須避之，縱不拈綴，未爲深缺。即“羅衣何飄飄，長裾隨風還”，雅調仍在，况其他句乎？故詞有剛柔，調有高下，但令詞與調合，首末相稱，中間不敗，便是知音。而沈生雖怪，曹王曾無先覺，隱侯言之更遠。璠今［2］所集，頗异諸家，既閑新聲，復曉古體，文質半取，風騷兩挾，言氣骨則建安爲傳，論宫商則太康不逮。將來秀士，無致深憾。

【校記】

［1］汲本無“集論”及以下一段文字，何焯抄補。莫校：“集論”二百餘字，毛刻本遺之。

［2］今，鄭本、沈本作“令”。

河岳英靈集上

常　建[1]

高才而[2]無貴仕[3],誠哉是言。曩劉楨死於文學,左思終於記室,鮑昭卒於參軍,今常建亦淪於一尉。悲夫！建詩似初發通莊,却尋野徑,百里之外,方歸大道。所以其旨遠,其興僻,佳句輒來,唯論意表。至如“松際露微月,清光猶爲君”,又“山光悦鳥性,潭影空人心”,此例十數句,并可稱警策。然一篇盡善者,“戰餘落日黄,軍敗鼓聲死”,“今與山鬼鄰,殘兵哭遼水”,屬思既苦,詞亦警絶。潘岳雖云能叙悲怨,未見如此章。

【校記】

[1] 汲本“常建”下注:十四首。張本“常建”下注:開元十五年進士,大曆中爲盱眙尉。　張本無詩前品藻。

[2] 而,汲本、毛本、鄭本、沈本、楊本無。莫校:毛本無“而”字。

[3] 仕,汲本、毛本、鄭本、沈本、楊本作“士”。

夢太白西峰

夢寐升九崖,杳藹逢元君。遺我太白岑,寥寥辭垢氛。結宇在星漢,宴林閑[1]氤[2]氲。檐楹覆餘翠,巾舄生片雲。時往青溪[3]間,孤亭晝仍曛。松峰引天影,石瀨清霞文[4]。恬目緩舟趣,霽心投鳥群。春風有揺櫂,潭島花紛紛。

【校記】

［1］閑，汲本、毛本、鄭本、沈本、楊本、張本作“閉”。莫校：閑，毛作“閉”。

［2］氤，毛本、鄭本、沈本、楊本作“氛”。

［3］青溪，汲本作“溪谷”。莫校：青溪，毛作“溪谷”。青，張本作“清”。

［4］文，張本作“紋”。

吊王將軍墓

嫖姚北伐時，深入强[1]千里。戰餘落日黄，軍敗鼓聲死。嘗聞漢飛將，可奪單于壘。今與山鬼鄰，殘兵哭遼水。

【校記】

［1］强，張本作“疆”。

昭君墓

漢宫豈不死，异域傷獨殁。萬里駝[1]黄金，蛾眉爲枯骨。迴車夜出塞，立馬皆不發。共恨丹青人，墳上哭明月。

【校記】

［1］駝，張本作“馱”。

江上琴興

江上調玉琴，一弦清一心。泠泠七弦遍，萬木澄幽陰[1]一作音。能使江月白，又令江水深。始知梧[2]桐枝，可以徽黄金。

【校記】

［1］陰，汲本作“音”。毛本、鄭本、沈本、楊本於詩後注：陰，一作“音”。莫校：陰，毛作“音”，無校注。

［2］梧，汲本、毛本、鄭本、沈本、楊本、張本作“枯”。

宿王昌齡隱處

清溪深不極[1]，隱處惟孤雲。松際露微月，清光猶爲君。茆[2]亭宿花影，藥院滋苔紋。予亦謝時去，西山鸞鶴群。

【校記】

［1］極，張本作“測”。

［2］茆，汲本作“茅”。莫校：茆，毛作“茅”。

送李十一尉臨溪

泠泠花下琴，君唱渡[1]江吟。天際一帆影，預懸離别心。以言神仙尉，因致瑶華音。軫起宫[2]商調，越聲[3]澄碧林。

【校記】

［1］渡，汲本、毛本、鄭本、沈本、楊本作“度”。

［2］軫起宫，汲本作“回軫撫”，張本作“回軫拊”。莫校：毛作“回軫撫商調”。

［3］聲，汲本、張本作“溪”。

閑齋卧疾行藥至山館稍次湖亭二首[1]

旬時結陰霖[2]，檐外初白日。齋[3]沐清病容，心魂畏靈[4]室。閑梅照前户,明鏡悲舊質。同袍四五人,何不來問疾。

行藥至石壁,東風變萌芽。主人門外緑,小隱湖中花。時物堪獨往,春帆宜別家。辭君爲[5]滄海,爛漫從天涯[6]。

【校記】

[1] 二首,汲本、毛本、鄭本、沈本、楊本、張本作"作"。

[2] 霖,毛本、鄭本、沈本、楊本作"林"。

[3] 齋,鄭本作"齊"。

[4] 靈,汲本作"虚"。莫校:靈,毛作"虚"。

[5] 爲,汲本、毛本、鄭本、沈本、楊本、張本作"向"。莫校:爲,毛作"向"。

[6] 張本詩末注:此篇諸集俱作二首。

題破山寺後禪院

清晨入古寺,初日照高林。竹徑通幽處,禪房花木深。山光悦鳥性,潭影空人心。萬籟此都[1]寂,但餘鐘[2]磬音。

【校記】

[1] 都,汲本、張本作"俱"。莫校:都,毛作"俱"。

[2] 鐘,鄭本作"鍾"。

鄂渚招王昌齡張僨

刈蘆曠野中,沙上飛黄雲。天海[1]無精光,茫茫悲遠君。楚山隔湘水,湖畔落日曛。春雁又北飛,音書固難聞。謫君[2]未爲嘆,讒枉何由分。五日逐蛟[3]龍,宜爲吊冤文。翻覆古共然,官[4]宦安足云。貧士任枯槁[5],捕魚清江濆。有時荷鋤犁,曠野自耕耘。不然春山隱,溪澗花[6]氛氲。山鹿自有場,賢達亦顧君[7]。二賢歸去來,世上徒紛紛。

【校記】

[1] 海,汲本、張本作"晦"。莫校:海,毛作"晦",非。

[2] 君,汲本、毛本、鄭本、沈本、楊本、張本作"居"。莫校:君,毛作"居",是。

[3] 蛟,汲本、鄭本作"蛇"。

[4] 官,汲本、張本作"名"。莫校:官,毛作"名"。

[5] 枯槁,毛本、鄭本、沈本作"祜稿"。

[6] 花,張本作"何"。

[7] 君,汲本、毛本、鄭本、沈本、楊本、張本作"群"。莫校:君,毛作"群"。

春詞二首

宛宛[1]黄柳絲,濛濛雜花垂。日高紅妝卧,倚對[2]春光[3]遲。寧知傍淇水,騣褭黄金羈。

翳翳陌上桑,南枝交北堂。美人金梯出,手自提竹筐。非但畏蠶飢,盈盈嬌路傍。

【校記】

[1] 宛宛,汲本、鄭本、張本作"菀菀"。莫校:宛宛,毛作

“菀菀”。

［2］對,汲本、毛本、鄭本、沈本、楊本、張本作“樹”。

［3］光,汲本、毛本、鄭本、沈本、楊本、張本作“風”。

古意張公子[1]

日出乘[2]釣舟,嫋嫋持釣竿。涉淇傍荷花,驄馬閑金鞍。使[3]客白雲中,腰間懸鹿盧[4]。出門事嫖姚,爲君西擊胡。胡兵漢騎相馳逐,轉戰孤軍海西北[5]。百尺旌竿沉黑[6]雲,邊笳落日不堪聞。

【校記】

［1］汲本題目作“古意”,題目下注:集作《張公子行》。莫校:毛本題僅二字,下注云:集作《張公子行》。

［2］乘,鄭本作“秉”。

［3］使,汲本、張本作“俠”。莫校:使,毛作“俠”。

［4］鹿盧,汲本、張本作“轆轤”。

［5］北,汲本作“曲”,張本注:一作“曲”。莫校:北,毛作“曲”。

［6］黑,汲本、毛本、鄭本、沈本、楊本、張本作“墨”。

仙谷遇毛女意知是秦時宫人

溪口水石淺,泠泠明藥叢。入溪雙峰峻,松栝疏[1]幽風。垂嶺枝嫋嫋,翳泉花濛濛。夤[2]緣霽人目,路盡心彌通。盤石横陽崖,前臨殊未窮。迴潭清雲影,瀰漫長天空。水邊一神女,千歲爲玉童。羽毛經漢代,珠翠逃秦宫。目覿神已寓,鶴飛言未終。祈君青雲秘,願謁黄仙翁。嘗以耕玉田，龍鳴西頃[3]中。金梯與天接，幾日來相逢。

【校記】

[1] 疏，張本作“梳”。

[2] 夤，毛本、鄭本、沈本、楊本作“寅”。

[3] 頃，汲本作“頂”。

晦日馬鐙曲稍次中流作

夜來[1]宿蘆葦，曉色明西林。初日在川[2]上，便澄游子心。晴天無纖翳，郊野浮春陰。波静隨釣魚，舟小緑水深。出浦見千里，曠然諧遠尋。扣船[3]應漁父，因唱滄海[4]吟。

【校記】

[1] 來，汲本、毛本、鄭本、沈本、楊本、張本作“寒”。莫校：來，毛作“寒”。

[2] 川，毛本、鄭本、沈本、楊本作“江”。

[3] 船，汲本、毛本、鄭本、沈本、楊本、張本作“舷”。莫校：船，毛作“舷”。

[4] 海，汲本、毛本、鄭本、沈本、楊本、張本作“浪”。莫校：海，毛作“浪”。

李　白[1]

白性嗜酒，志不拘檢，常林栖十數載，故其爲文章，率皆縱逸。至如《蜀道難》等篇，可謂奇之又奇。然自騷人以還，鮮有此體調也。

【校記】

［1］汲本“李白”下注：十三首。張本“李白”下注：字太白，蜀人，天寶初爲供奉翰林常侍。 張本無詩前品藻。

戰城南

去年戰，桑乾源；今年戰，葱河道。洗兵滌戈[1]海上波，放馬天山雪中草。萬里長征戰，三軍盡衰老。胡人以殺戮爲耕作，古來惟見白骨黄[2]沙田。秦家築城備[3]胡處，漢家還有烽火燃[4]。烽火燃不息，征戰[5]無已時。野戰格鬥死，敗馬號鳴向天悲。烏鳶啄人腸，銜飛上挂枯[6]樹[7]枝。士卒塗草莽，將軍空爾爲。乃知兵者是凶器，聖人不得已而用之。

【校記】

［1］滌戈，汲本、毛本、鄭本、沈本、楊本、張本作“條支”。莫校：滌戈，毛作“條支”。

［2］黄，楊本爲墨丁。

［3］備，汲本、毛本、鄭本、沈本、楊本作“避”。

［4］燃（含下句“燃”），汲本、毛本、鄭本、沈本、楊本、張本作“然”。莫校：二“燃”，毛作“然”。

［5］征戰，汲本、毛本、鄭本、沈本、楊本作“長征”。莫校：征戰，毛作“長征”。

［6］挂枯，楊本作“桂姑”。

［7］樹，汲本、毛本、鄭本、沈本、楊本、張本作“桑”。莫校：樹，毛作“桑”。

遠別離

古有皇、英之二女，乃在洞庭之南，瀟湘之浦。海水直下萬里深，人言不深[1]此離苦。日慘慘兮雲冥冥，猩猩啼烟兮鬼嘯雨，我縱言之將何補。皇穹竊[2]恐不照予[3]之忠誠，雷憑憑兮欲吼怒，堯舜當之亦禪禹。君失臣兮龍爲魚，權歸臣兮鼠變虎[4]。堯幽囚，舜野死，九疑聯綿皆相似，重瞳孤憤[5]竟誰是。帝子降兮緑雲間，隨風波兮去無還。慟哭兮遠望，見蒼梧之深山。蒼梧崩，湘水絶[6]，竹上之泪乃[7]可滅。

【校記】

[1] 人言不深，汲本作"誰人不言"。張本於此句下注：一作"誰人不言"。莫校：毛作"誰人不言"。

[2] 竊，毛本、鄭本、沈本、楊本作"切"。

[3] 予，汲本作"余"。

[4] 鼠變虎，汲本作"虎變鼠"。汲本於此句下注：集有"或言"二字。張本於此句下注：本集下有"或言"二字。莫校："虎"下毛本注云：集有"或言"二字。

[5] 憤，汲本、毛本、鄭本、沈本、楊本、張本作"墳"。

[6] 此二句張本作"蒼梧山崩湘水絶"。

[7] 乃，楊本作"那"。

野田黄雀行

游莫逐炎洲翠，棲莫近吴宫燕。炎洲逐翠遭綱羅，吴宫火起焚爾[1]窠。瀟[2]條兩翅蓬蒿下，縱有鷹鸇奈爾[3]何。

【校記】

[1] 爾，汲本、張本作“巢”。莫校：爾，毛作“巢”。

[2] 瀟，汲本、毛本、鄭本、沈本、楊本、張本作“蕭”。莫校：瀟，毛作“蕭”。

[3] 爾，汲本作“若”。張本注：一作“若”。莫校：爾，毛作“若”。

蜀道難

噫吁嚱，危乎高哉！蜀道之難，難於上青天。蠶叢及魚鳧，開國何茫然。爾來四萬八千歲，不與秦塞通人烟。西當太白有鳥道，可以横絶峨[1]眉巔。地崩山摧壯士死，然後天梯石棧方[2]鉤[3]連。上有六龍回日之高標[4]，下有衝波逆折之回川。黄鶴之飛尚不得過，猿猱欲度愁攀緣。青泥何盤盤，百步九折縈岩巒。捫參歷井仰脅息，以手撫[5]膺坐長嘆。問君西游何時[6]還，畏途巉岩不可攀。但見悲鳥[7]號古[8]木，雄飛雌從繞林間。又聞子規啼夜月，愁空山。蜀道之難，難於上青天，使人聽此凋朱顔。連峰去天不盈尺，枯松倒挂倚絶壁。飛湍暴[9]流争喧豗，砯崖轉石萬壑雷。其嶮[10]也若此，嗟爾遠道之人，胡爲乎來哉？劍閣峥嶸而崔嵬，一夫當關，萬人莫開。所守或匪親[11]，化爲狼與豺。朝避猛虎,夕避長蛇。磨牙吮血,殺人如麻。錦城雖云樂,不如早還家。蜀道之難,難於上青天,側身西望長咨嗟。

【校記】

[1] 峨,毛本、鄭本、沈本、楊本、張本作"蛾"。

[2] 方,汲本、毛本、鄭本、沈本、楊本、張本作"相"。莫校:方,毛作"相"。

[3] 鈎,汲本、毛本、鄭本、沈本、楊本、張本作"勾"。

[4] 上有六龍回日之高標,毛本、鄭本、沈本、楊本、張本作"上有横河斷海之浮雲"。張本句下注:一作"上有六龍回日之高標"。

[5] 撫,楊本、張本作"拊"。

[6] 時,毛本、鄭本、沈本、楊本作"當"。

[7] 鳥,毛本、楊本作"烏"。

[8] 古,毛本、鄭本、沈本、楊本作"枯"。

[9] 暴,汲本、毛本、鄭本、沈本、楊本、張本作"瀑"。莫校:暴,毛作"瀑"。

[10] 崄,汲本、毛本、鄭本、沈本、楊本、張本作"險"。莫校:崄,毛作"險"。

[11] 親,汲本、毛本、鄭本、沈本、楊本作"人"。莫校:親,毛作"人"。

行路難

金罍清酒價十千,玉盤珍羞直萬錢。停杯投箸不能食,拔劍四顧心茫然。欲渡[1]黄河冰塞川,將登太行雲暗天[2]。閑來垂釣坐溪上,忽復乘舟落[3]日邊。行路難,道安在[4]。長風破浪會有時，直挂雲帆濟蒼[5]海。

【校記】

[1] 渡，汲本、毛本、鄭本、沈本、楊本作“度”。

[2] 暗天，張本作“滿山”。

[3] 落，汲本、張本作“夢”。莫校：落，毛作“夢”。

[4] 行路難，道安在，汲本於此二句下注：本集：“行路難，行路難，多岐路，今安在。”張本於此句下注：本集作“行路難，行路難，多岐路，今安在”。

[5] 蒼，汲本、毛本、鄭本、沈本、楊本、張本作“滄”。

夢游天姥山[1]别東魯諸公

海客談[2]瀛洲，烟波[3]微茫不易[4]求[5]。越人話[6]天姥，雲霓明滅如何睹。天姥連天向天横，勢拔五岳掩赤城。天姥[7]四萬八千丈，對此絶倒東南傾。我欲冥搜[8]夢吴越，一夜飛度鏡湖月。湖月照我影，送我到[9]剡溪。謝公宿處今尚在，緑水蕩漾青[10]猿啼。脚穿謝公屐，明[11]登青雲梯。半壁見海月[12]，空中聞天雞。千岩萬轉路不定，迷花倚石忽以[13]暝。熊咆龍吟殷岩泉，慄深林兮驚層巔。楓[14]青青兮欲雨，水澹澹兮生烟。列缺霹靂，丘巒崩摧。洞天石扉，𥉂[15]然而[16]中開。青冥濛鴻[17]不見底，日月照耀金銀臺。霓爲裳[18]兮鳳[19]爲馬，雲中君兮紛紛而來下。虎鼓琴兮鸞迴車，仙之人兮列如麻。忽魂悸兮目驚[20]，恍[21]驚起而[22]長嗟。惟覺時之枕席，失向來之烟霞。世間行樂皆如是[23]，古來萬事東流水。别君去兮何時還，且放白鹿青崖間，欲行即騎向名山。何能摧眉折腰事權貴，使我不得開心顔[24]。

【校記】

［1］山，張本作“吟留”。

［2］談，張本作“譚”。

［3］波，汲本作“濤”。莫校：波，毛作“濤”。

［4］不易，汲本、楊本作“信難”。莫校：不易，毛作“信難”。

［5］張本句末注：一作“烟濤微茫信難求”。

［6］話，汲本、毛本、鄭本、沈本、楊本、張本作“語”。莫校：話，毛作“語”。

［7］姥，汲本、張本作“台”。莫校：姥，毛作“台”。

［8］冥搜，汲本作“因之”。張本注：一作“因之”。莫校：冥搜，毛作“因之”。

［9］到，張本作“至”。

［10］青，汲本作“清”。

［11］明，汲本、張本作“身”。莫校：明，毛作“身”。

［12］月，汲本、毛本、鄭本、沈本、楊本、張本作“日”。莫校：月，毛作“日”。

［13］以，汲本、張本作“已”。莫校：以，毛作“已”。

［14］楓，張本作“雲”。

［15］輷，汲本、毛本、鄭本、沈本、楊本、張本作“訇”。莫校：輷，毛作“訇”。

［16］而，楊本無此字。

［17］濛鴻，汲本作“浩蕩”。張本注：一作“浩蕩”。莫校：濛鴻，毛作“浩蕩”。

［18］裳，張本注：一作“衣”。

［19］鳳，汲本、毛本、鄭本、沈本、楊本、張本作“風”。

［20］目瘮，楊本作“目眩”，張本作“魄動”。莫校：毛本亦作“目瘮”。

［21］恍，汲本、毛本、鄭本、沈本、楊本、張本作“怳”。

［22］而，汲本、毛本、鄭本、沈本、楊本、張本作“兮”。莫校：而，毛作“兮”。

［23］是，汲本、楊本、張本作“此”。莫校：是，毛作“此”。

［24］使我不得開心顔，汲本、毛本、鄭本、沈本、楊本、張本皆作“暫樂酒色凋朱顔”，并於其下注：一作“使我不得開心顔”。莫校：毛本末句作“暫樂酒色凋朱顔”，校注一作“與此同”。

憶舊游寄譙郡元參軍

憶昔洛陽董糟丘，爲余[1]天津橋南造酒樓。黄金白璧[2]買歌笑，一醉累月輕王侯。海内[3]賢豪青雲客，就中與君[4]心莫逆。迴山轉海不作難，傾情倒意無所惜。我向淮南攀桂枝，君留洛北愁夢思。不忍别，還相隨。相隨迢迢訪仙城，三十六曲水迴縈。一溪初入千花明，萬壑度盡松風聲。銀鞍金絡到平地，漢東太守來相迎。紫陽之真人，邀我吹玉笙。飡[5]霞樓上動仙樂，嘈然宛似鸞鳳鳴，袖長管催[6]欲輕舉。漢中太守醉起舞，手持錦袍覆我身。我醉横眠枕其股，當筵意氣凌九霄。星離雨散不終朝，分飛楚關山水遥。余既還山尋故巢，君亦歸家[7]度渭橋。君家嚴君勇貔虎，作尹[8]并州遏戎虜。五月相呼度太行，摧[19]輪不道羊腸苦。行來北凉[10]歲月深，感君貴義輕黄金。瓊杯綺食青玉案，使我醉飽無歸心。時時出向城西曲，晋祠流水如碧玉。浮舟弄水簫鼓鳴,微波龍鱗莎草緑。興來攜妓恣經過,其若楊花似雪何。紅妝欲醉宜斜日,百尺清潭寫翠蛾[11]。翠蛾[12]嬋娟初月輝,美人更唱舞羅衣。清風吹歌入空去,歌曲自繞行雲飛。此時行[13]樂難再遇,西游因獻《長楊賦》。北闕青雲不可期,東山白首還歸去。渭橋南頭一遇君,酇臺之北又離群。問余别恨[14]今多少,落花春暮争紛紛。言亦不可盡,情亦不可極。呼兒長跪[15]緘此辭,寄君千里遥相憶。

【校記】

[1] 余,毛本、鄭本、沈本、楊本、張本作"予"。

[2] 璧,毛本、鄭本、沈本作"壁"。

[3] 海内,汲本、毛本、鄭本、沈本、楊本、張本作"四海"。莫校:海内,毛作"四海"。

[4] 就中遇君,汲本、毛本、鄭本、沈本、楊本、張本作"與君一遇"。張本注:一作"就中遇君"。莫校:毛云"與君一遇心莫逆"。

[5] 凔,毛本、沈本、張本作"飧"。

[6] 催,汲本、毛本、鄭本、沈本、楊本、張本作"摧"。莫校:催,毛作"摧"。

[7] 歸家,汲本、毛本、鄭本、沈本、楊本、張本作"西歸"。張本注:一作"歸家"。

[8] 尹,鄭本、楊本作"君"。

[9] 摧,毛本、鄭本、沈本、楊本作"推"。

[10] 凉,汲本、毛本、鄭本、沈本作"京"。莫校:凉,毛作"京"。

[11] 蛾,汲本、毛本、鄭本、沈本、楊本作"娥"。

[12] 翠蛾,汲本、毛本、鄭本、沈本、楊本皆無此二字。莫校:毛

遺下"翠娥"二字。

[13] 行,汲本、毛本、鄭本、沈本、楊本、張本作"歡"。莫校:行,毛作"歡"。

[14] 别恨,汲本、毛本、鄭本、沈本、楊本、張本作"恨别"。莫校:别恨,毛作"恨别"。

[15] 跪,汲本、毛本、鄭本、沈本、楊本、張本作"跽"。張本注:一作"跪"。

咏 懷[1]

莊周夢蝴[2]蝶,蝴蝶爲莊周。一體更變易,萬事良悠悠。乃知蓬萊水,復作清淺流。青門種瓜人,舊[3]日東陵侯。富貴固[4]如此,營營何所求。

【校記】

[1] 汲本、張本題目下注:集作"古風"。莫校:毛題下校注云:集作"古風"。

[2] 蝴(含下句"蝴"),毛本、沈本、楊本、張本作"胡"。

[3] 舊,汲本、毛本、鄭本、沈本、楊本、張本作"昔"。莫校:舊,毛作"昔"。

[4] 固,汲本、毛本、鄭本、沈本、楊本、張本作"苟"。

酬東都小吏以[1]斗酒雙鱗[2]見贈

魯酒琥珀色,汶魚紫錦鱗。山東豪吏有俊氣,手攜此物贈遠人。意氣相傾兩相顧,斗酒雙魚表情素。雙鰓[3]呀呷鰭[4]鬣張,跋[5]刺銀盤欲飛去。呼兒拂机[6]霜刃揮,紅肥[7]花落白雪霏。爲君下箸一餐飽[8],醉著金鞍上馬歸。

【校記】

［1］以，汲本、張本作“携”。莫校：以，毛作“携”。

［2］鳞，汲本、毛本、鄭本、沈本、楊本、張本作“魚”，張本“魚”字後有“於逆旅”三字。莫校：鳞，毛作“魚”。

［3］鰓，鄭本作“緦”。

［4］鰭，汲本、毛本、鄭本、沈本、楊本、張本作“鬐”。莫校：鰭，毛作“鬐”。

［5］跋，汲本作“蹬”，張本作“蹶”。莫校：跋，毛作“蹬”。

［6］机，汲本、毛本、鄭本、沈本、楊本、張本作“几”。

［7］肥，汲本作“鰓”。莫校：肥，毛作“腮”。

［8］飽，汲本、毛本、沈本、楊本、張本作“罷”。莫校：飽，毛作“罷”。

答俗人問［1］

問予［2］何事栖碧山，笑而不答心自閑。桃花流水杳然去，别有天地非人間。

【校記】

［1］汲本、張本於題目下注：一作“山中問答”。

［2］予，毛本、鄭本、沈本、楊本、張本作“余”。

古　意［1］

白酒初熟山中歸，黄雞啄黍秋正肥。呼兒［2］烹雞酌白酒，兒女歡［3］笑牽人衣。高歌取醉欲自慰，起舞落日争光輝。游説萬乘苦不早，著鞭跨馬涉長［4］道。會稽愚婦輕買臣，余亦辭家西入秦。仰天大笑出門去，我輩豈是蓬蒿人。

【校記】

[1] 汲本、張本於題目下注:一作"南陵别兒童入京"。

[2] 兒,汲本、毛本、鄭本、沈本、楊本、張本作"童"。莫校:兒,毛作"童"。

[3] 歡,汲本、毛本、鄭本、沈本、楊本、張本作"嬉"。

[4] 長,汲本、毛本、鄭本、沈本、楊本、張本作"遠"。莫校:長,毛作"遠"。

將進酒

君不見黄河之水天上來,奔流到海不復回。君[1]不見高堂明鏡悲白髮,朝如青絲暮成雪。人生得意須盡歡,莫使金樽[2]空對月。天生我材[3]必有用,千金散盡還復來。烹羊[4]宰牛且爲樂,會須一飲三百杯。岑夫子,丹丘生[5],與君歌一曲,請君爲我[6]聽[7]。鍾[8]鼎玉帛不足貴[9],但願長醉不願[10]醒。古來聖賢皆寂寞,唯有飲者留其名。陳王昔時[11]宴平樂,斗酒十千恣歡謔。主人何爲言少錢,徑[12]須沽[13]取[14]對君酌。五花馬,千金裘[15],呼兒將出换美酒,與爾同銷[16]萬古愁。

【校記】

[1] 君,楊本作"又"。

[2] 樽,汲本作"尊"。

[3] 材,汲本、毛本、鄭本、沈本、楊本作"才"。

[4] 羊,汲本作"牛"。

[5] 汲本於"丹丘生"句下有"將進酒,君莫停"六字,張本於"丹丘生"句下有"進酒君莫停"五字。莫校:"生"下毛多"將進酒,

君莫停”六字。

［6］我，汲本於“我”字下有“傾耳”二字，張本于“我”字下有“傾”字，下注：一作“爲我傾耳聽”。莫校：“我”下毛多“傾耳”二字。

［7］聽，毛本、鄭本、沈本、楊本作“傾”，句下注云：一作“聽”。

［8］鍾，汲本、毛本、鄭本、沈本、楊本、張本作“鐘”。

［9］貴，毛本、鄭本、沈本、楊本作“悦”。毛本、鄭本、沈本句下注：一作“貴”。楊本句下注：不，一作“貴”。按：“不”當作“悦”。

［10］願，沈本、楊本、張本作“用”。沈本、楊本注：用，一作“願”。張本注：一作“願”。

［11］時，汲本、毛本、鄭本、沈本、楊本、張本作“日”。張本注：一作“時”。莫校：時，毛作“日”。

［12］徑，汲本、毛本、鄭本、沈本、楊本、張本作“且”。莫校：徑，毛作“且”。

［13］沽，毛本、鄭本、沈本、楊本、張本作“酤”。

［14］取，汲本、毛本、鄭本、沈本、楊本、張本作“酒”。

［15］裘，鄭本、楊本作“表”。

［16］銷，汲本、毛本、鄭本、沈本、楊本、張本作“消”。

烏栖曲

姑蘇臺上烏栖時，吴王宫裏醉西施。吴歌楚舞歡未畢，青山猶[1]銜半邊日。金壺丁丁[2]漏水多，起看秋月墜江波，東方漸高奈爾何。

【校記】

［1］猶，汲本作“欲”，張本注：一作“欲”。莫校：猶，毛作“欲”。

［2］金壺丁丁，汲本作"銀箭金壺"，張本注：一作"銀箭金壺"。莫校：金壺丁丁，毛作"銀箭金壺"。

王　維[1]

維詩詞秀調雅，意新理愜，在泉爲[2]珠，著壁成繪，一句一字，皆出常境。至如"落日山水好，漾舟信歸風"，又"澗芳襲人衣，山月映石壁"，"天寒遠山净，日暮長河急"，"日暮沙漠陲，戰聲烟塵裏"[3]。

【校記】

［1］汲本"王維"下注：十五首。張本"王維"下注：字摩詰，太原人，尚書右丞。　張本無詩前品藻。

［2］爲，汲本作"成"。莫校：爲，毛作"成"。

［3］汲本於此句下有"詎肯慚於古人也"七字。莫校："塵裏"下有闕文，毛本有"詎肯慚於古人也"七字，又不似殷氏語。

西施篇

艷色天下重，西施寧久微。朝仍[1]越溪女，暮作吴宫妃。賤日豈殊衆，貴來方悟稀。要人傅香[2]粉，不自着羅衣。君寵益嬌態，君憐無是非。常[3]時浣沙[4]伴，莫得同車歸。寄謝[5]鄰家女，效顰安可希。

【校記】

［1］仍，汲本作"爲"，張本注：一作"爲"。莫校：仍，毛作"爲"。

［2］香，張本注：一作"脂"。

［3］常，汲本作“當”。莫校：常，毛作“當”。

［4］沙，汲本、毛本、鄭本、沈本、楊本、張本作“紗”。

［5］謝，汲本作“言”。莫校：謝，毛作“言”。

偶然作

陶潛任天真，其性頗耽[1]酒。自從棄官來，家貧不能有。九月九日時，菊花空滿手。心中竊自思，倘有人送否。白衣攜觴來[2]，果不違[3]老叟。且喜得斟酌，安問升與斗。奮衣野田中，今日嗟無負。兀傲迷東西，蓑笠不能守。傾倒强行行，酣歌歸五柳。生事不曾問，肯愧家中婦。

【校記】

［1］頗耽，毛本、鄭本、沈本作“耽嗜”。耽，楊本作“嗜”。

［2］觴來，張本作“壺觴”。

［3］不違，張本作“來遺”。

贈劉藍田[1]

籬間犬迎吠，出屋候荆扉。歲晏輸井税，山村人夜歸。晚田始家食，餘布成我衣。詎肯無公事，煩君問[2]是非。

【校記】

［1］汲本於題目下注：或刻“盧象”。

［2］問，鄭本作“間”。

入山寄城中故人[1]

中歲頗好道,晚家南山陲。興來每獨往,勝事空自知。行到水窮處,坐看雲起時。偶然值林叟,談[2]笑滯[3]還期。

【校記】

[1] 汲本、張本於題目下注:一作"終南别業"。

[2] 談,張本作"譚"。

[3] 滯,汲本、毛本、鄭本、沈本、楊本作"無"。莫校:滯,毛作"無"。

淇[1]上别趙仙舟[2]

相逢方一笑,相送還成泣。祖席[3]已傷離,荒城復愁入。天寒遠山净[4],日暮長河急。解纜君已遥,望君猶佇立。

【校記】

[1] 淇,張本作"河"。

[2] 汲本、張本於題目下注:一作"齊州送祖三"。

[3] 席,張本作"帳"。

[4] 净,張本作"静"。

春　閨[1]

新妝可憐色,落日捲簾帷。鑪[2]氣清珍簟,墻陰上玉墀。春蟲飛網户,暮雀隱花枝。向晚多愁思,閑窗桃李時。

【校記】

［1］汲本、張本於題目下注：一作“晚春歸思”。

［2］鑪，毛本、鄭本、沈本、楊本作“淑”。

寄崔鄭二山人

翩翩京華子，多出金張門。幸有先[1]人業，早蒙[2]明主恩。童年且未學，肉食鶩華軒。豈知中林士，無人薦至尊。鄭生老泉石，崔子老[3]丘樊。賣藥不二價，著書仍[4]萬言。息陰無惡木，飲水必清源。余賤不及議，斯人竟誰論。

【校記】

［1］先，汲本作“仙”。

［2］早蒙，汲本、毛本、鄭本、沈本、張本作“思逢”，楊本作“早逢”。莫校：早蒙，毛作“思逢”。

［3］老，汲本、毛本、鄭本、沈本、楊本、張本作“安”。莫校：下“老”，毛作“安”。

［4］仍，汲本作“盈”。莫校：仍，毛作“盈”。

息夫人怨[1]

莫以今時寵，能忘舊日恩。看花滿眼泪，不共楚王言。

【校記】

［1］張本題目無“怨”字。汲本於題目下注：《國秀集》題“息媯怨”，小异。

婕妤怨

宫殿生秋草，君王恩幸疏。那堪聞鳳吹，門外度金輿。

漁[1]山神女瓊智祠[2]二首[3]

迎　神

坎坎擊鼓，漁[4]山之下。吹洞簫，望極浦。女巫進，紛屢舞。陳瑶席，湛清酤。風凄凄而夜雨，不知神之來不來，使我心苦[5]。

送　神

紛進拜兮堂前，目眷眷兮瓊筵。來不語兮意不傳，作暮雨兮愁空山。悲急管，思繁弦，神之駕兮儼欲旋。倏雲消[6]兮雨歇，山青青兮水潺湲。

【校記】

[1] 漁，汲本、張本作"魚"，莫校：漁，毛作"魚"。

[2] 張本"祠"後有"歌"字。

[3] 二首，汲本作"歌"。

[4] 漁，張本作"魚"。

[5] 張本於詩末注：一作"神之來兮不來，使我心兮苦復苦"。莫校：毛有校注云：一作"神之來兮不來，使我心兮苦復苦"。

[6] 消，張本作"收"。

隴頭吟

長安少年游俠客，夜上戍樓看太白。隴頭明月迥臨關，隴上行人夜吹笛。關西老將不勝愁，駐馬聽之雙泪流。身經大小百餘戰，麾下偏裨萬户侯。蘇武纔爲典屬國，節旄落盡海西頭。

少年行

一身能擘兩雕弧，虜騎千重只似無。偏坐金鞍調白羽，紛紛射殺五單于。

初出濟州别城中故人

微官易得罪，謫去濟川陰。執政方持法，明君無此心。閭閻河潤上，井邑海雲深。縱有歸來日，多愁年鬢侵。

送綦毋潛落第還鄉

聖代無隱者，英靈盡未[1]歸。遂令東山客，不得顧采薇。既至君門遠，孰云吾道非。江淮度寒食，京兆[2]縫春衣。置酒臨長道，同心與我違。行當浮桂棹，未幾拂荆扉。遠樹帶行客，孤村[3]當落暉。吾謀適不用，勿謂知音稀。

【校記】

[1] 未，汲本、毛本、鄭本、沈本、楊本、張本作"來"。莫校：未，毛作"來"。

[2] 兆，汲本、張本作"洛"。莫校：兆，毛作"洛"。

［3］村，汲本作"城"，張本注：一作"城"。莫校：村，毛作"城"。

劉昚虚［1］

昚虚詩，情幽興遠，思苦詞［2］奇，忽有所得，便驚衆聽。頃東南高唱者十數人［3］，然聲律婉［4］態，無出其右，唯氣骨不逮諸公。自永明已還，可傑立江表。至如"松色空照水，經聲時有人"，又"滄溟千萬里，日夜一孤舟"，又"歸夢如春水，悠悠繞故鄉"，又"駐馬渡江處，望鄉待歸舟"，又"道由白雲盡，春與清溪長。時有落花至，遠隨流水香。開門向溪路，深柳讀書堂。幽映每白日，清暉照衣裳"，并方外之言也。惜其不永，天碎國寶［5］。

【校記】

［1］汲本"劉昚虚"下注：十一首。張本"劉昚虚"下注：江東人，爲夏縣令。　張本無詩前品藻。

［2］詞，汲本、毛本、鄭本、沈本、楊本作"語"。莫校：詞，毛作"語"。

［3］十數人，汲本、毛本、鄭本、沈本、楊本無"十"字。

［4］婉，汲本、毛本、鄭本、沈本、楊本作"宛"。

［5］"惜其"二句，汲本作"惜其不永天年，隕碎國寶"。莫校："天"下毛多"年隕"二字，非。

海上詩送薛文學歸海東[1]

日[2]處歸且遠,送君東悠悠。滄溟千萬里,日夜一孤舟。曠望絶國所,微茫天際愁。有時近仙境,不定若夢游。或見青色石[3],孤山百丈[4]秋。前心方杳眇[5],此[6]路勞夷猶。離别惜吾道,風波敬皇休。春浮花氣遠,思逐海水流。日暮驪歌後,永懷空滄洲。

【校記】

[1] 海東,汲本作"東海"。

[2] 日,汲本、張本作"何"。莫校:日,毛誤"何"。

[3] 石,汲本、毛本、鄭本、沈本、楊本、張本作"古"。莫校:石,毛作"古"。

[4] 丈,汲本、毛本、鄭本、沈本、楊本、張本作"里"。

[5] 眇,張本作"渺"。

[6] 此,張本作"後"。

送東林廉上人還廬山[1]

石溪流已亂,苔徑入漸微。日暮東林下,山僧還獨歸。常爲鑪峰意,况與遠公違。道性深寂寞,世時[2]多是非。會尋名山去,豈復無清機。

【校記】

[1] 汲本於題目下注:一刻"王昌齡"。

[2] 時,汲本、張本作"情"。莫校:時,毛作"情"。

送韓平兼寄郭微

上客夜相過，小童能酤[1]酒。即爲臨水處，正值雁歸[2]後。前路望鄉山，近家見門柳。到時春未暮，風景自應有。余憶東州人，經年别來久。殷勤爲傳語，日夕念攜手。兼問前寄書，書中復達否。

【校記】

[1] 酤，汲本作"沽"。

[2] 雁歸，汲本、張本作"歸雁"。莫校：雁歸，毛作"歸雁"。

寄閻防防時在終南豐德寺讀書

青暝[1]南山口，君與緇錫鄰。深路入古寺，亂花隨暮春。紛紛對寂寞[2]，往往落衣巾。松色空照水，經聲時有人。晚心復南望，山遠情獨親。應以修往[3]一作德業，亦惟此立[4]身。深林度空夜，烟月鎖清真。莫嘆文明日，彌年從隱淪。

【校記】

[1] 暝，汲本、張本作"冥"。莫校：暝，毛作"冥"。

[2] 寞，汲本作"莫"。

[3] 往，汲本、毛本、鄭本、沈本、楊本、張本作"德"，無小注。莫校：往，毛作"德"，無校注。

[4] 此立，汲本、張本作"立此"。莫校：此立，毛作"立此"。

暮秋楊子江寄孟浩然

木葉紛紛下,東南日烟霜。林山相晚暮,天海空青蒼。瞑色空[1]復久,秋聲亦何長。孤舟兼微月,獨夜仍越鄉。寒笛對京口,故人在襄陽。咏思勞今夕,漢江[2]遥相望。

【校記】

[1] 空,汲本、張本作"况"。莫校:空,毛作"况"。

[2] 漢江,張本作"江漢"。

寄江滔求孟六遺文

南望襄陽路,思君情轉親。偏知漢水廣,應與孟家鄰。在日貪爲善,昨來聞更貧。相如有遺草,爲一[1]問家人。

【校記】

[1] 爲一,張本作"一爲"。

潯陽陶氏別業

陶家習先隱,種柳長江邊。朝夕尋[1]陽縣[2],白衣來幾年。霽雲明孤嶺,秋水澄寒天。物象自清曠,野荷[3]何綿聯。蕭蕭丘中賞,明宰非徒然。願守黍稷税,歸耕東山田。

【校記】

[1] 尋,汲本、毛本、鄭本、沈本、楊本、張本作"潯"。

[2] 縣,張本作"郭"。

［3］荷，汲本、張本作“情”。莫校：荷，毛作“情”。

登廬山峰頂寺

孤峰臨萬象，秋氣何高清。庭[1]際南郡出，林端西江明。山門二緇叟，振錫聞幽聲。心照有無界，業懸前後生。徒知真機靜，尚與愛網并。方首金門路，未遑參道情。

【校記】

［1］庭，張本作“天”。

尋東溪還湖中作

出山更回首，日暮清溪深。東嶺新別處，數猿叫空林。昔游初有[1]迹，此迹[2]還獨尋。幽興方在往，歸懷復爲今。雲峰勞前意，湖水成遠心。望望已超越，坐鳴舟中琴。

【校記】

［1］初有，汲本、張本作“有初”。莫校：初有，毛作“有初”。

［2］迹，汲本、毛本、鄭本、沈本、楊本、張本作“路”。莫校：下“迹”毛作“路”。

越中問海客

風雨滄洲暮，一帆今始歸。自云發南海，萬里速如飛。初謂落何處，永[1]將無所依。冥茫漸西見，山色越中微。誰念去時遠，人經此路稀。泊舟悲且泣，使我亦沾衣。浮海焉用說，憶鄉難久違。縱爲魯連子，山路有柴扉。

【校記】

［1］永，楊本作“水”。

江南曲

美人何蕩漾［1］，湖上風［2］日長。玉手欲有贈，徘［3］徊雙明璫。歌聲隨緑［4］水，怨色［5］起青陽。日暮還家望，雲波横洞房。

【校記】

［1］漾，汲本、毛本、鄭本、沈本、楊本、張本作“瀁”。

［2］風，鄭本爲墨丁。

［3］徘，汲本作“裴”。

［4］隨緑，鄭本爲墨丁。

［5］色，汲本、毛本、鄭本、沈本、楊本、張本作“氣”。

張　謂［1］

謂《代北州老翁答》及《湖中對酒行》，并［2］在物情之外，但衆人未曾説耳，亦何必歷遐遠，探古迹，然後始爲冥搜。

【校記】

［1］汲本“張謂”下注：六首。張本“張謂”下注：字正言，河南人，登天寶二年進士，奉使長沙，大曆間爲禮部侍郎。　張本無詩前品藻。

［2］毛本、鄭本、沈本、楊本無“并”字。

讀後漢逸人傳二首[1]

子陵没已久，讀史思其賢。誰謂潁陽人，千秋如比肩。嘗聞漢皇帝，曾是曠周旋。名位苟無心，對君猶可眠。東過富春渚，樂此佳山川。夜卧松下月，朝看江上烟。釣時如有待，釣罷應忘筌。生事在林壑，悠悠經暮年。于今七里瀨，遺迹尚依然。高臺竟寂寞，流水空潺湲。

龐公南郡人，家在襄陽里。何處偏來往，襄陽東波[2]是。誓將業田種，終得保妻子。何言二千石，乃欲勸吾仕。鸛鵲巢茂林，龜[3]鼉穴深水。萬物從所欲，吾心亦如此。不見鹿門山，朝朝白雲起。采藥復采樵，優游終暮齒。

【校記】

［1］汲本題目無“二首”二字。

［2］波，汲本、毛本、鄭本、沈本、楊本、張本作“陂”。莫校：波，毛作“陂”。

［3］龜，汲本、毛本、鄭本、沈本、楊本、張本作“黿”。莫校：龜，毛作“黿”。

同孫構免官後登薊樓懷歸作[1]

昔在五陵時，年少亦强[2]壯。嘗矜有奇骨，必是封侯相。東走到營州，投身事邊將。一朝去鄉國，十載履亭障。部曲皆武夫，功成不相讓。猶希虜塵動，更取林胡帳。去年大將軍，忽負樂生謗。北别傷士卒，南遷死炎瘴。濩落悲無成，行登薊丘上。長安三千里，日夕西南望。寒沙榆關[3]没,秋水欒[4]河漲。策馬從此辭,雲中[5]保閑放。

【校記】

[1] 汲本、毛本、鄭本、沈本、楊本、張本題目無"懷歸作"三字。

[2] 亦强,張本作"心亦"。

[3] 關,張本作"塞"。

[4] 欒,張本作"灤"。

[5] 中,汲本、張本作"山"。莫校:中,毛作"山"。

贈喬林[1]

去年上策不見收,今年寄食仍淹留。羡君有酒能便醉,羡君無錢能不憂。如今五侯不待客,羡君不問五侯宅。如今七貴方自尊,羡君不過七貴門。丈夫會應有知己,世上悠悠何足論。

【校記】

[1] 汲本於題目下注:或刻"劉眘虚"。林,汲本作"琳"。

湖中對酒作[1]

夜坐不厭湖上月,晝行不厭湖上山。眼前一樽又長滿,心中萬事如等閑。主人有黍[2]百餘石,濁醪數斗應不惜。即今相對不盡歡,別後相思復何益。茱萸灣頭歸路賒,願君且宿黄翁家。風光若此人不醉,參差辜[3]負東園花。

【校記】

[1] 作,汲本作"行"。莫校:作,毛作"行"。

［2］黍，楊本作“黎”。

［3］辜，毛本、鄭本、沈本、楊本、張本作“孤”。

題長[1]主人壁

世人[2]結交須黄金，黄金不多交不深。縱令然諾暫相許，終是悠悠行路心。

【校記】

［1］汲本、毛本、鄭本、沈本、楊本、張本題目“長”下有“安”字。

［2］人，楊本作“上”。

王季友[1]

季友詩，愛奇務險，遠出常情之外。然而白首短褐，良可悲夫！至如《觀于舍人西亭壁畫山水》詩“野人宿在人[2]家少，朝見此山謂山曉。半壁仍栖嶺上雲，開簾放出湖中鳥”，甚有新意。

【校記】

［1］汲本“王季友”下注：六首。張本“王季友”下注：河南人，又云豐城人。　張本無詩前品藻。

［2］人，汲本作“山”。莫校：下“人”毛作“山”。

雜　詩

采山仍采隱，在木[1]不在深。持斧事遠游，固悲匠者心。翳翳青桐枝，樵爨日所侵。樵聲出岩壑，四聽無知音。

豈爲鼎下薪,當復堂上琴。鳳鳥久不栖,且與枳棘林。

【校記】

［1］木,汲本作“山”。莫校:木,毛作“山”。

代賀枝令譽贈沈千運

相逢問姓名亦存,别時無子今有孫。山上雙松長不改,百家惟有三家村。村南村西車馬道,一宿通舟水浩浩。澗中磊磊十里石,河上游[1]泥種桑麥。平坡冢墓皆我親,滿田主人是舊客。舉聲酸鼻問同年,十人七人歸下泉。分手如何更此地,迴頭不去[2]泪潸然。

【校記】

［1］游,汲本、毛本、鄭本、沈本、楊本、張本作“淤”。莫校:游,毛作“淤”。

［2］去,汲本作“語”。莫校:去,毛作“語”。

觀于舍人壁畫山水

野人宿在人[1]家少,朝見此山謂山曉。半壁仍栖嶺上雲,開簾放出湖中鳥。獨坐長松是阿誰,再三招手起來遲。于公大笑向予説,小弟丹青能爾爲。

【校記】

［1］人,汲本、毛本、鄭本、沈本、楊本、張本作“山”。莫校:下“人”毛作“山”。

滑中贈崔高士瓘

夫子保藥命,外身保[1]無咎。日月不能老,化腸爲筋不。十年前見君,甲子過我壽。于何今相逢,華髮在我後。近而知其遠,少見今白首。遥信蓬萊宫,不死世世有。玄石采盈襜[2],神方秘其肘。問家惟指雲,愛氣常言酒。攝生固如此,履道當不朽。未能太虛[3]同,願亦天地久。實腹以芝术[4],賤體仍芻狗。自勉將勉余,良藥在苦口。

【校記】

[1] 保,汲本、楊本、張本作“得”。莫校:下“保”毛作“得”。

[2] 襜,汲本、張本作“擔”。

[3] 虛,汲本、毛本、鄭本、沈本、楊本、張本作“玄”。莫校:虛,毛作“玄”。

[4] 术,鄭本作“木”。

山中贈十四秘書山兄[1]

出山秘雲[2]署,山木[3]已再春。食我山中藥,不憶山中人。山中誰余密,白髮日相親。雀鼠晝夜無,知我厨廪貧。有情盡捐棄,土石爲周[4]身。依依舍北松,不厭吾南鄰。夫子質千尋,天澤枝葉新。今[5]以不材壽,非智免斧斤。

【校記】

[1] 汲本、張本題目無“山”字。汲本於題目下注:《篋中集》作“寄韋子春”,“有情”二聯倒置,少末二聯。　張本於題目下注:

《篋中集》作“寄韋子春秘書”。

［2］雲,汲本、楊本、張本作“芸”。莫校:雲,毛作“芸”。

［3］木,毛本、鄭本、沈本、楊本作“色”。

［4］周,汲本、張本作“同”。莫校:周,毛作“同”。

［5］今,汲本、張本作“余”。莫校:今,毛作“余”。

酬李十六岐

鍊丹文武火未成,賣藥販屨俱逃[1]名。出谷迷行洛陽道,乘流醉卧滑臺城。城下故人久離怨,一歡適我兩家願。朝飲杖懸沽酒錢,暮餐囊有松花餅[2]。于[3]何車馬日憧憧,李膺門館争登龍。千賓揖對若流水,五經發難如扣鐘[4]。下筆新詩行滿壁,立談[5]古人坐在席。問我草堂有卧雲,知我山儲無檐[6]石。自耕自刈食爲天,如鹿如麋飲野泉。亦知世上公卿貴,且養丘中草木年。

【校記】

［1］屨俱逃,莫本爲墨丁。莫校:闕三字,毛作“屨俱逃”。

［2］餅,汲本、毛本、鄭本、沈本、楊本、張本作“飯”。

［3］于,毛本、鄭本、楊本作“子”。

［4］鐘,毛本、沈本作“鍾”。

［5］談,張本作“譚”。

［6］檐,汲本、毛本、鄭本、沈本、楊本、張本作“儋”。

陶　翰[1]

歷代詞人,詩筆雙美者鮮矣。今陶生實謂兼之,既多興象,復備風骨,三百年以前,方可論其體裁也。

【校記】

[1] 汲本"陶翰"下注:十一首。張本"陶翰"下注:潤州人,開元中爲禮部員外郎。　張本無詩前品藻。

古塞下曲

進軍飛狐北,窮寇勢將變。日落沙塵[1]昏,背河更一戰。騂馬黄金勒,雕弓白羽箭。射殺左賢王,歸奏未央殿。欲言塞下事,天子不召見。東出咸陽門,哀哀泪如霰。

【校記】

[1] 沙塵,汲本、毛本、鄭本、沈本、楊本、張本作"塵沙"。莫校:沙塵,毛作"塵沙"。

燕歌行

請君留楚調,聽我吟燕歌。家在遼水頭,邊風意氣多。出身爲漢將,正值戎未和。雪中凌天山,冰上度交河。大小百餘戰,封侯竟蹉跎。歸來霸[1]陵下,故舊無相過。雄劍委塵匣,空門惟雀羅。玉簝[2]還趙姝[3],瑶琴付齊娥。昔日不爲樂,時哉今奈何。

【校記】

［1］霸，楊本、張本作“灞”。

［2］篸，楊本作“簪”。

［3］姝，汲本、毛本、鄭本、沈本、楊本、張本作“妹”。

贈鄭員外

驄馬拂繡裳，按兵遼水陽。西分雁門騎，北逐樓煩王。聞道五軍集，相邀百戰場。風沙暗天起，虜陣森已行。儒服揖諸將，雄謀吞八荒。金門來見謁，朱紱生輝光。數載侍御史，稍遷尚書郎。人生志氣立，所貴功業昌。何必守章句，終年事蒼黄。同時獻賦客，尚在東陵旁[1]。

【校記】

［1］旁，汲本、毛本、鄭本、沈本、楊本、張本作“傍”。

望太華贈盧司倉[1]

作吏到西華，乃觀三峰壯。削成元氣中，傑出天河上。如有飛動色，不知[2]青冥狀。巨靈安在哉，厥迹猶可望。方此嘆[3]行旅，未[4]由飭仙裝。葱朧[5]記星壇，明滅數雲障。良友垂真契，宿心所微尚。敢投歸山吟，霞徑一相訪。

【校記】

［1］倉，毛本、鄭本、沈本、楊本作“食”。

［2］知，汲本作“如”。莫校：知，毛誤“如”。

［3］嘆，汲本、毛本、鄭本、沈本、楊本、張本作“顧”。莫校：嘆，

毛作“顧”。

[4] 未,汲本作“末”。莫校:未,毛作“末”。

[5] 朧,張本作“蘢”。

晚出伊闕[1]寄河南裴中丞[2]

退無宴息資,進無當代策。冉冉時歲[3]暮,坐爲周南客。前登闕[4]塞門,永眺伊城陌。長川黯已暮,千里寒氣白。家本渭水西,异日何[5]所適。秉志師禽回[6],微言祖莊易。一辭林壑間,共繫風塵役。才名忽先進,天邑多[7]紛劇。豈念嘉遁時,依依耦[8]沮溺。

【校記】

[1] 闕,汲本、張本作“關”。

[2] 裴中丞,毛本、鄭本、沈本、楊本無“中”字。

[3] 歲,汲本、毛本、鄭本、楊本、張本作“將”。莫校:歲,毛作“將”。

[4] 闕,汲本、楊本、張本作“關”,沈本作“聞”。莫校:闕,毛作“關”。

[5] 何,汲本、張本作“同”。莫校:何,毛作“同”。

[6] 回,汲本、毛本、鄭本、沈本、楊本、張本作“尚”。莫校:回,毛作“尚”。

[7] 邑多,汲本作“道何”,張本注:一作“道何”。莫校:邑多,毛作“道何”。

[8] 耦,汲本、毛本、鄭本、沈本、楊本、張本作“偶”。

贈房侍御時房公在新安

志人固不羈,與道常周旋。進則天下仰,已之能晏然。褐衣東府召,執簡南臺先。雄義每特立,犯顏豈圖全。謫居東南遠,逸氣吟芳荃[1]。適會寥廓趣,清波更寅[2]緣。扁舟入五湖,發纜洞庭前。浩蕩臨海曲,迢遙濟江壖。徵奇忽忘返,遇興將彌年。乃悟范生智,足明漁父賢。郡臨新安渚,佳氣此城偏。日夕對層岫,雲霞映晴川。閑居變[3]秋色,偃卧含貞堅。倚[4]伏自相化,行藏亦推遷。君其振羽翮[5],歲晏將冲天。

【校記】

[1] 荃,張本作"筌"。

[2] 寅,汲本、張本作"夤"。

[3] 變,汲本、毛本、鄭本、沈本、楊本、張本作"戀"。莫校:變,毛作"戀"。

[4] 倚,毛本、沈本作"荷"。

[5] 翮,鄭本作"融"。

經殺子谷

扶蘇秦帝子,舉代稱其賢。百萬猶在握,可争天下權。束身就一劍,壯志皆棄捐。塞下有遺迹,千齡人共傳。疏蕪盡荒草,寂歷空寒烟。到此空[1]垂泪,非我獨潸然。

【校記】

[1] 空,汲本、毛本、鄭本、沈本、楊本、張本作"盡"。

乘潮至漁浦作

檥舟[1]早乘潮,潮來如風雨。樟亭[2]忽已隱,界峰莫及睹。崩騰心爲失,浩蕩目無主。凾憧浪始聞,漾漾入漁浦。雲景共澄霽,江山相含[3]吐。偉哉造化靈,此事從終古。流沫誠足誡,高歌調易苦。頗因忠信全,客心猶栩栩。

【校記】

[1] 檥,汲本、張本作“艤”。舟,汲本、毛本、鄭本、沈本、楊本作“棹”。

[2] 亭,汲本、毛本、鄭本、沈本、楊本、張本作“臺”。莫校:亭,毛作“臺”。

[3] 含,汲本、毛本、鄭本、沈本、楊本、張本作“吞”。莫校:含,毛作“吞”。

宿天竺寺

松柏亂岩口,山西微徑通。天開一峰見,宫闕生虚空。正殿倚霞壁,千樓摽[1]石叢。夜來猿鳥静,鐘[2]梵寒雲中。岑[3]翠映湖月,泉聲亂溪風。心超諸境外,了與懸解同。明發氣候改[4],起視[5]長崖東[6]。湖色濃蕩漾,海光漸曈曨[7]。葛仙迹尚在,許氏道猶崇。獨往古來事,幽懷期二公。

【校記】

[1] 摽,汲本、毛本、鄭本、沈本、楊本、張本作“標”。莫校:標。毛

［2］鐘，汲本、毛本、鄭本、沈本、楊本作“鍾”。

［3］張本於“岑”字下注：一作“峰”。

［4］氣候改，汲本作“惟改視”。

［5］起視，汲本作“朝日”。莫校：“氣候改，起視”，毛作“惟改視，朝日”。

［6］張本於句末注：以上二句，一作“明發惟改視，朝日長崖東”。

［7］曈曨，汲本、毛本、鄭本、沈本、楊本作“艟艨”。曨，張本作“朧”。莫校：曈曨，毛作“艟艨”。

早過臨淮

夜得[1]三渚風，晨過臨淮島。潮中海氣白，城上楚雲早。鱗鱗魚浦帆，莽莽[2]蘆洲草。川路日[3]浩蕩，惄[4]焉心如擣。且言任倚伏，何暇念枯槁。范子名屢移，蘧公志常保[5]。古人去已久，此理難復[6]道。

【校記】

［1］得，汲本、毛本、鄭本、沈本、楊本、張本作“來”。莫校：得，毛作“來”。

［2］莽莽，汲本、毛本、鄭本、沈本、楊本、張本作“漭漭”。莫校：莽莽，毛作“漭漭”。

［3］日，毛本、鄭本、沈本、楊本作“白”。

［4］惄，毛本、鄭本、沈本作“愸”。

［5］保，張本作“抱”。

［6］難復，汲本、毛本、鄭本、沈本、楊本、張本作“今難”。莫校：難復，毛作“今難”。

出蕭關懷古

驅馬擊長劍,行役至蕭關。悠悠五原上,永眺關河前。北虜三十萬,此中常控弦。秦城亘宇宙,漢帝理旌旃。刁[1]斗鳴不息,羽書日夜傳。五軍計莫就,三策議空全。大漠横萬里,蕭條絶人烟。孤城當瀚海,落日照祁[2]連。愴然苦寒奏,懷哉式微篇。更悲秦樓月,夜夜出胡天。

【校記】

[1] 刁,楊本作"刀"。

[2] 祁,汲本、毛本、鄭本、沈本、楊本、張本作"祈"。莫校:祁,毛作"祈"。

李　頎[1]

頎詩發調既清[2],修辭亦秀[3],雜歌咸善,玄理最長。至如《送暨道士》云:"大道本無我,青春長與君。"又《聽彈胡笳聲》云:"幽音變調忽飄灑,長風吹林雨墮瓦。迸泉颯颯飛木末,野鹿呦呦走堂下。"足可歔欷,震蕩心神。惜其偉才,只到黄綬,故其論[4]家,往往高於衆作。

【校記】

[1] 汲本"李頎"下注:十四首。張本"李頎"下注:東川人,開元十三年進士,新鄉縣尉。　張本無詩前品藻。

[2] 清,汲本作"新"。莫校:清,毛作"新"。

[3] 秀,毛本、鄭本、沈本、楊本作"綉"。

［4］其論，汲本、毛本、鄭本、沈本、楊本作“論其數”。莫校：其論，毛作“論其數”。

謁張果老先生

先生谷神者，甲子焉能計。自説軒轅師，于今數[1]千歲。寓游城郭裏，放浪[2]希夷際。應物雲無心，逢時舟不繫。霞餐斷火粒，野服兼荷製。白雲[3]浄肌膚，青松養身世。韜精殊豹隱，鍊質同蟬蜕。忽去不知誰，偶來寧有契。二儀齊壽考，六合隨休憩。彭聃猶嬰孩，松期且微細。嘗聞穆天子，更憶漢皇帝。親屈萬乘尊，將窮四海裔。車徒變[4]草木，錦帛招談[5]説。八駿空往來[6]，三山轉虧蔽。吾君咸[7]至德，玄老欣來詣。受籙金殿開，清齋玉堂閉。笙歌迎拜首，羽帳崇嚴衛。禁柳垂香爐，宫花拂仙袂。祈年寶祚[8]廣，致福蒼生惠。何必待龍髯，鼎成方取濟。

【校記】

［1］數，張本作“幾”。

［2］放浪，汲本、毛本、鄭本、沈本、楊本、張本作“浪迹”。莫校：放浪，毛作“浪迹”。

［3］雲，汲本、毛本、鄭本、沈本、楊本、張本作“雪”。莫校：雲，毛作“雪”，非。

［4］變，汲本、張本作“遍”。

［5］談，張本作“譚”。

［6］來，汲本、張本作“還”。莫校：來，毛作“還”。

［7］咸，汲本、毛本、鄭本、沈本、楊本、張本作“感”。莫校：咸，宋作“感”。　按：“宋”當作“毛”。

［8］祚，毛本、鄭本、沈本、楊本作“祈”。

送暨道士還玉清觀

仙宫有名籍，度世吴江濆。大道本無我，青春常與君。十[1]洲俄已到，至理得而聞。明主降黄屋，時人看白雲。空山何窈窕，三[2]秀日氛氲。此道[3]留書客，超遥烟駕分。

【校記】

［1］十，汲本、毛本、鄭本、沈本、楊本、張本作“中”。莫校：十洲，毛作“中州”。

［2］三，毛本、鄭本、沈本作“巨”。

［3］此道，原爲墨丁。莫校：此道。毛

東郊寄萬楚

濩落久無用，隱身甘采薇。仍聞薄宦者，還事田家衣。潁水日夜流，故人相見稀。春山不可望，黄鳥東南飛。濯足豈長往，一樽聊可依。了然潭上月，適我胸中機。在昔同門友，如今出處非。優游白虎殿，偃息青瑣[1]闈。且有薦君表，當看携手歸。寄書不代面，蘭茝空芳菲。

【校記】

［1］瑣，張本作“鎖”。

發[1]首陽山謁夷齊廟

故[2]人已不見,喬木竟誰過。寂寞首陽山,白雲空復多。蒼苔歸地骨,皓首采薇歌。畢命無怨色,成仁其若何。我來入遺廟,時候微清和。落日吊山鬼[3],迴風吹女蘿。石門正[4]西豁,引領望黄河。千里一飛鳥,孤光東逝波。驅車層城路,惆悵此岩阿。

【校記】

[1] 發,汲本、毛本、鄭本、沈本、楊本、張本作"登"。莫校:發,毛作"登"。

[2] 故,汲本、毛本、鄭本、沈本、楊本、張本作"古"。

[3] 鬼,毛本、鄭本、沈本作"霓"。

[4] 門正,汲本、毛本、鄭本、沈本、楊本、張本作"崖向"。張本注:一作"門正"。

題綦毋潛校書所居[1]

常稱挂冠吏,昨日歸滄洲。行客暮帆遠,主人庭樹秋。豈伊得[2]天命,但欲爲山游。萬物我何有,白雲空自幽。蕭條江海上,日夕是[3]丹丘。生事本魚[4]鳥,賞心隨去留。惜哉曠微月,欲濟無輕舟。倏忽令人老,相思河水流。

【校記】

[1] 汲本題目無"潛"字,"校"作"挍"。楊本題目作"題綦毋潛校書田居",張本題目作"題綦毋校書田居"。毛本、鄭本、沈本、楊本無"校"字。莫校:毛少"潛"字。

［2］得，楊本、張本作“問”。

［3］是，汲本、楊本、張本作“見”。莫校：是，毛作“見”。

［4］魚，張本作“漁”。

漁父歌

白頭何老人，蓑笠蔽其身。避世常[1]不仕，釣魚[2]清江濱。浦沙明濯足，山月静垂綸。寓宿湍與瀨，行歌秋復春。持橈[3]湘岸竹，爇火蘆洲薪。緑水飯香稻，青荷包紫鱗。於中還自樂，所欲全吾真。而笑獨醒者，臨流多苦辛。

【校記】

［1］常，張本作“長”。

［2］釣魚，張本作“漁釣”。

［3］橈，汲本作“竿”，毛本、鄭本、沈本作“撓”。莫校：橈，毛作“竿”。

古　意

男兒事長征，生[1]小幽燕客。賭勝馬蹄下，由來輕七尺。殺人莫敢前，鬢[2]如蝟毛磔。黄雲白雪隴底[3]飛，未得報恩不得歸。遼東小婦年十五，慣彈琵琶解歌舞。今爲羌笛出塞聲，使我三軍泪如雨。

【校記】

［1］生，楊本、張本作“少”。

［2］鬢，張本作“鬚”。

［3］白雪隴底，汲本、張本作“隴底白雪”。莫校：毛作“隴底白雪”。

送康洽入京進樂府詩[1]

識子十年何不遇，只愛歡游兩京路。朝吟左氏嬀[2]女篇，夜誦相如美人賦。長安春物舊相宜，小苑蒲[3]萄花滿枝。柳色偏濃九華殿，鶯聲醉殺五陵兒。曳裾此夜[4]從何所，中貴由來盡相許。白袂春衫仙吏贈，烏皮隱几臺郎與。新詩樂府唱堪愁，御妓應傳鳷鵲樓。西上雖因長公主，終須一見曲陵侯。

【校記】

［1］詩，汲本、張本作“歌”。莫校：詩，毛作“歌”。

［2］嬀，汲本、楊本、張本作“嬌”。莫校：嬀，毛作“嬌”。

［3］蒲，張本作“葡”。

［4］夜，汲本、張本作“日”。莫校：夜，毛作“日”。

送陳章甫

四月南風大麥黄，棗花未落桐陰長。青山朝别暮還見，嘶馬出門思舊鄉。陳侯立身何坦蕩，虬鬚虎眉仍大顙。腹中著[1]書一萬卷，不肯低頭在草莽。東門酤酒飲我曹，心輕萬事如鴻毛。醉卧不知白日暮，有時空望孤雲高。長河浪頭連天黑，津吏停舟渡不得。鄭國游人未及家，洛陽行子空嘆息。聞道故林相識多，罷官昨日今如何。

【校記】

[1] 著,汲本作“貯”。

聽董大彈胡笳聲兼語弄寄房給事

蔡女昔造胡笳聲,一彈一十有八拍[1]。胡人落泪向邊草,漢使斷腸對歸客。古戍蒼蒼烽火寒,大荒陰沉飛雪白。先拂商弦後角羽,四郊秋葉驚摵摵。董夫子,通神明,深山[2]竊聽來妖精。言遲更速皆應手,將往復旋如有情。空山百鳥散還合,萬里浮雲陰且晴。嘶酸雛鷹[3]失群夜,斷絶胡兒戀母聲。川爲静其波,鳥亦罷其鳴。烏珠部落家鄉遠,邏沙[4]沙塵哀怨生。幽陰[5]變調忽飄灑,長風吹林雨墮瓦。迸泉颯颯飛木末,野鹿呦呦走堂下。長安城連東掖垣[6],鳳凰[7]池對青瑣門。才高[8]脱略名與利,日夕望君抱琴至。

【校記】

[1] 拍,毛本、鄭本、沈本、楊本作“柏”。

[2] 張本於“山”字下注:一作“松”。

[3] 鷹,汲本、毛本、鄭本、沈本、楊本、張本作“雁”。莫校:鷹,毛作“雁”。

[4] 沙,楊本作“娑”。

[5] 陰,汲本、張本作“音”。

[6] 垣,楊本爲墨丁。

[7] 凰,汲本、張本作“皇”。

[8] 才高,汲本、張本作“高才”。莫校:才高,毛作“高才”。

緩歌行

小來脱[1]身攀貴游,傾財破産無所憂。暮擬經過石渠署,朝將出入銅龍樓。結交杜陵輕薄子,謂言可生復可死。一沉一浮會有時,棄我翻然如脱屣。男兒立身須自强,十年閉户潁水陽。業就功成見明主,擊鍾[2]鼎食坐華堂。二八蛾眉梳墮馬,美酒清歌曲房[3]下。文昌宫中賜錦衣,長安陌上退朝歸。五侯賓從莫敢視,三省官僚接[4]者希[5]。早知今日讀書是,悔作從前狂俠兒[6]。

【校記】

[1] 脱,汲本、張本作"托"。

[2] 鍾,汲本作"鐘"。

[3] 房,毛本、鄭本、沈本、楊本作"堂"。

[4] 接,汲本、毛本、鄭本、沈本、楊本、張本作"揖"。莫校:接,毛作"揖"。

[5] 希,汲本、毛本、鄭本、沈本、楊本作"稀"。

[6] 兒,張本作"非"。

鮫人歌

鮫人潛織水底居,側身上下隨龍[1]魚。輕綃文采[2]不可識,夜夜澄波連月色。有時寄宿來城市,海島青冥[3]無極已。泣珠報恩君莫辭,今年相見明年期。始知萬族無不有,百尺深泉架户牖。鳥没空山誰復望,一望雲濤堪白首。

【校記】

［1］龍，張本作"游"。

［2］采，汲本、張本作"彩"。

［3］冥，楊本作"溟"。

送盧逸人

洛陽爲此别，携手更何時。不復人間見，祇應海上期。青溪入雲木，白首卧茅茨。共惜盧敖去，天邊望所[1]思。

【校記】

［1］望所，毛本、鄭本、沈本作"所望"。

野老曝背

百歲老翁不種田，唯[1]知曝背樂殘年。有時捫虱獨搔首，目送歸鴻籬下眠。

【校記】

［1］唯，汲本、毛本作"惟"。

高　適[1]

適□[2]性拓落，不拘小節，耻預常科，隱迹博徒，才名自遠。然適詩多胸臆語，兼有氣骨，故朝野通賞其文。至如《燕歌行》等篇，甚有奇句，且余所愛者[3]，"未知肝膽向誰是，令人却憶平原君"，吟諷不厭矣[4]。

【校記】

［1］汲本"高適"下注：十三首。張本"高適"下注：字達夫，一字仲武，滄州人，封渤海侯，謚曰忠。　張本無詩前品藻。

［2］適□，汲本作"常侍"，毛本、鄭本、沈本、楊本作"評事"。毛本、鄭本、沈本"適"下有墨丁。莫校：毛本"適□"作"常侍"。

［3］且余所愛者，汲本、毛本、鄭本、沈本、楊本"所"下有"最深"二字。

［4］汲本、毛本、鄭本、沈本、楊本無"吟諷不厭矣"五字。

哭單父梁九少府

開篋泪沾臆，見君前日書。夜臺今寂寞，猶是子雲居。疇昔貪靈奇，登臨賦山水。同舟南楚[1]下，望月西江裏。契闊多別離，綢繆[2]到生死。九泉知何在，萬事皆如此。晋山徒嵯峨[3]，斯人已冥冥。常時禄且薄，没[4]後家復貧。妻子在遠道，兄弟[5]無一人。十上多苦辛，一官恒自哂。青雲將可[6]致，白日忽西[7]盡。唯獨[8]身後名，空留無遠近。

【校記】

［1］楚，汲本、張本作"浦"。

［2］綢繆，汲本作"繆綢"。莫校：毛誤"繆綢"。

［3］嵯峨，張本作"峨峨"。

［4］没，汲本、張本作"殁"。

［5］兄弟，張本作"弟兄"。

［6］可，毛本、鄭本、沈本、楊本作"何"。

［7］西，張本作"先"。

［8］獨，汲本、張本作"有"。莫校：獨，毛作"有"。

宋中遇陳兼

常參[1]鮑叔義,所期王佐才。如何守苦節,獨自無良媒。離别十年内,飄颻千里來。誰[2]知罷官後,唯見柴門開。窮巷隱東郭,高堂咏南陔。籬根長花草,井口生莓苔。伊昔望霄漢,于今倦蒿萊。男兒須達命,且醉手中杯。

【校記】

[1] 參,汲本作“忝”。莫校:參,毛作“忝”。

[2] 誰,汲本、毛本、鄭本、沈本、楊本、張本作“安”。莫校:安。

宋　中

梁苑白日暮,梁山[1]秋草時。君王不可見,修竹令人悲。九月桑葉落,寒風鳴樹枝。

【校記】

[1] 山,汲本、毛本、鄭本、沈本、楊本、張本作“園”。

九日酬顧[1]少府

檐前白日應可惜,籬下黄花爲誰有。客子迎霜未授衣,主人得錢肯[2]酤[3]酒。蘇秦憔悴時多厭,蔡澤栖遲世看醜。縱使登高只斷腸,不如獨坐[4]空搔首。

【校記】

[1] 顧,張本作“顔”。

[2] 肯,汲本、張本作“始”。莫校:肯,毛作“始”。

［3］ 酤，汲本、毛本、鄭本、沈本、楊本、張本作“沽”。

［4］ 坐，毛本、鄭本、沈本、楊本作“自”。

見薛大臂鷹作

寒楚十二月，蒼鷹八十[1]毛。寄言燕雀莫相啅，自有雲霄萬里高。

【校記】

［1］ 十，汲本、楊本、張本作“九”。莫校：下“十”毛作“九”。

酬岑主簿秋夜見贈

舍下蛬[1]亂鳴，居然自蕭索。緬懷高秋興，忽枉清夜作。感物我心勞，涼風生二毛。池空[2]菡萏死，月上一作出梧桐高[3]。如何异州[4]縣，復得交才彦。汩没嗟後時，蹉跎耻相見。箕[5]山別來久，魏闕誰不戀。獨有江海心，悠悠未嘗倦。

【校記】

［1］ 蛬，汲本、毛本、鄭本、沈本、楊本、張本作“蛩”。

［2］ 空，汲本、毛本、鄭本、沈本、楊本、張本作“枯”。莫校：空，毛作“枯”。

［3］ 汲本、毛本、鄭本、沈本、楊本、張本此句無小注。莫校：毛無校三字。

［4］ 州，張本作“鄉”。

［5］ 箕，汲本、毛本、鄭本、沈本、楊本作“南”。莫校：箕，毛作“南”。

送韋參軍

二十解書劍,西游長安城。舉頭望君門,屈指取[1]一作數公卿。國風冲融邁三五,朝廷歡[2]樂彌寰宇。白璧皆言賜近臣,布衣不得干明主。歸來洛陽無負郭,東過梁宋非吾土。兔苑爲農歲不登,雁池垂釣心常苦。世人遇我同衆人,唯君於我情相親。且喜百年有交態,未曾[3]一日辭家貧。彈棋[4]擊筑白日晚,縱酒高歌楊[5]柳春。歡娱未盡分散去,使我惆悵驚心神。終當[6]不作兒女别,臨岐涕泪沾衣巾。

【校記】

[1] 取,毛本、鄭本、沈本、楊本作"數",汲本、毛本、鄭本、沈本、楊本、張本皆無其後小注。莫校:毛無校注三字。

[2] 歡,張本作"禮"。

[3] 曾,張本作"嘗"。

[4] 棋,汲本、毛本、鄭本、沈本、楊本作"琴"。莫校:棋,毛作"琴"。

[5] 楊,張本作"緑"。

[6] 終當,汲本、鄭本作"丈夫"。張本注:一作"丈夫"。莫校:終當,毛作"丈夫"。

封丘作

我本漁樵孟諸野,一生自是悠悠者。乍可狂歌草澤中,寧堪作吏風塵下。只言小邑無所爲,公門百事皆有期。拜迎長官[1]心欲碎,鞭撻黎庶令人悲。悲來向家問妻子,舉家盡笑今如此。生事應須南畝田,世情付與[2]東流水。夢想舊山安在哉,爲銜君命日遲迴。早[3]知梅福徒爲爾,轉憶陶潛歸去來。

【校記】

[1] 長官,汲本、張本作"官長"。

[2] 付與,汲本、毛本、鄭本、沈本、楊本作"分付"。莫校:付與,毛作"分付"。

[3] 早,張本作"乃"。

邯鄲少年游[1]

邯鄲城南游俠子,自矜生長邯鄲裏。千場縱博家仍富,數[2]處報仇身不死。宅中歌笑日紛紛,門外車馬屯如雲[3]。未知肝膽向誰是,令人却憶平原君。君不見即今交態薄,黄金用盡還疏索。以兹嘆息[4]辭舊游,更於時事無所求。且與少年飲美酒,往來射獵西山頭。

【校記】

[1] 邯鄲少年游,汲本作"邯鄲少行年",毛本、鄭本、沈本、楊本、張本作"邯鄲少年行"。莫校:游,毛作"行"。

[2] 數,汲本、張本作"幾"。莫校:數,毛作"幾"。

[3] 屯如雲,汲本作"如雲屯"。張本注:一作"如雲屯"。莫校:屯如雲,毛作"如雲屯"。

[4] 嘆息,汲本、毛本、鄭本、沈本、楊本、張本作"感嘆"。

燕歌行并序[1]

開元二十六[2]年,客有從元戎[3]出塞而還者,作《燕歌行》以示適,感征戍[4]之事,因而和焉。

漢家烟塵在東北,漢將辭家破殘賊。男兒本自重横行,天子非常賜[5]顔色。摐金伐鼓下榆關,旌旆逶迤碣石間。校[6]尉羽書飛瀚海,單于獵火照狼山。山川蕭條極邊土,胡騎憑陵雜風雨。戰士軍前半死生,美人帳下猶歌舞。大漠窮秋塞草腓,孤城落日鬥兵稀。身當恩遇常[7]輕敵,力盡關山未解圍。鐵衣遠戍辛勤久,玉箸應啼别離後。少婦城南欲斷腸,征人薊北空回首。邊庭[8]飄颻那可度,絶域蒼茫[9]無[10]所有。殺氣三時作陣雲,寒聲一夜傳刁[11]斗。相看白刃血紛紛,死節從來豈顧勳。君不見沙場征戰苦,至今猶憶李將軍[12]。

【校記】

[1] 毛本、鄭本、沈本、楊本題目下無"并序"二字。

[2] 二十六,汲本、毛本、鄭本、沈本、楊本無"二"字。莫校:毛少"二"字。

[3] 元戎,汲本、毛本、鄭本、沈本、楊本、張本作"御史張公"。莫校:元戎,毛作"御史張公"。

[4] 戍,毛本、鄭本、沈本作"戌"。

[5] 賜,汲本、毛本、鄭本、沈本、楊本作"借"。莫校:賜,毛作"借"。

[6] 校,汲本作"挍"。

[7] 常,汲本、鄭本作"還"。

［8］庭，汲本作“風”。莫校：庭，毛作“風”。

［9］茫，汲本、毛本、鄭本、沈本、楊本、張本作“黄”。

［10］無，汲本、毛本、鄭本、沈本、楊本、張本作“何”。

［11］刁，楊本作“刀”。

［12］毛本、鄭本、沈本、楊本於篇末注云：一作“邊風”。

行路難

君不見富家翁，舊時貧賤誰比數。一朝金多結豪貴，百事勝人健如虎。子孫生長滿眼前，妻能管弦妾能舞。自矜一朝[1]忽如此，却笑傍人獨愁苦。東鄰少年安所如，席門窮巷出無車。有才不肯學干謁，何用年年空讀書。

【校記】

［1］朝，張本作“身”。

塞上聞笛[1]

胡人羌笛戍樓間，樓上蕭條明月閑。借問梅花何處落，風吹一夜滿關山。

【校記】

［1］汲本、張本於題目下注：《國秀集》題作“和王七玉門關聽吹笛”。

營州歌

營州少年愛[1]原野，狐裘蒙茸獵城下。虜酒千杯[2]不醉人，胡兒十歲能騎馬。

【校記】

［1］愛,汲本、毛本、鄭本、沈本、楊本、張本作“厭”。莫校:愛,毛作“厭”。

［2］杯,汲本作“鍾”。莫校:杯,毛作“鍾”。

岑　參[1]

參詩語奇體峻,意亦奇造[2]。至如“長[3]風吹白茅,野火燒枯桑”,可謂逸矣[4]。又“山風吹空林,颯颯如有人”,宜稱幽致也。

【校記】

［1］汲本“岑參”下注:七首。張本“岑參”下注:南陽人,天寶進士,累遷侍御史。出爲嘉州刺史。　張本無詩前品藻。

［2］奇造,汲本、毛本、鄭本、沈本、楊本作“造奇”。莫校:奇造,毛作“造奇”。

［3］長,楊本作“常”。

［4］矣,汲本、毛本、鄭本、沈本、楊本作“才”。莫校:矣,毛作“才”。

終南雙峰草堂作

斂迹歸山田,息心謝時輩。晝還草堂卧,但與雙峰對。興來資[1]佳游,事愜符勝概。著書高窗下,日夕見城内。曩爲世人誤,遂負平生愛。久與林壑辭,及來杉松大。偶兹近精廬[2],數預名僧會。有時逐樵漁[3],盡[4]日不冠帶。崖口上新月,石門破蒼藹。色向群木深,光摇一潭碎。緬懷鄭生谷,頗憶嚴子瀨。勝事猶[5]可追,斯人邈千載。

【校記】

[1] 資,汲本、毛本、鄭本、沈本、楊本、張本作"恣"。

[2] 近精廬,汲本、張本作"精廬近"。

[3] 樵漁,汲本、毛本、鄭本、沈本、楊本、張本作"漁樵"。

[4] 盡,汲本、毛本、鄭本、沈本、楊本、張本作"永"。莫校:盡,毛"永"。

[5] 猶,汲本、毛本、鄭本、沈本、楊本作"獨"。

終南雲際精舍尋法澄上人不遇歸高冠東潭石淙[1]秦嶺微雨作貽友人[2]

昨夜雲際宿,適[3]從西峰[4]回。不見林中僧,微雨潭上來。諸峰皆晴[5]翠,秦嶺獨不開。石鼓有時鳴,秦王安在哉。水滐斷山口,吼沫相喧豗[6]。噴壁四時雨,傍村終日雷。北瞻長安道,日夕生[7]塵埃。若訪張仲蔚,衡門應[8]蒿萊。

【校記】

[1] 汲本、張本"石淙"下有"望"字。莫校:"淙"下毛多"望"字。

[2] 汲本於題目下注:本集題無"終南雲際"等十七字。莫校:毛校云:本集題無"終南雲際"等十七字。

[3] 適,汲本、張本作"旦"。莫校:適,毛作"旦"。

[4] 峰,汲本、毛本、鄭本、沈本、楊本、張本作"嶺"。莫校:峰,毛作"嶺"。

［5］晴，汲本、張本作“青”。莫校：晴，毛作“青”。

［6］汲本於此句下注：本集無此“水淙”二句，下有“東南雲開處，突兀獮猴臺。崖口懸瀑流，半空白皚皚”四句。張本於此句下注：本集無以上二句，下有“東南雲開處，突兀獮猴臺。崖口懸瀑流，半空白皚皚”四句。莫校：“喧豗”下毛校云：本集無“水淙”二句，下有“東南雲開處，突兀獮猴臺。崖口懸瀑流，半空白皚皚”四句。

［7］生，毛本、鄭本、沈本、楊本作“坐”，張本作“多”。

［8］應，汲本、張本作“滿”。

戲題關門

來亦一布衣，去亦一布衣。羞見關城吏，還從舊路歸。

觀釣翁[1]

扁舟滄浪叟，心與滄浪清。不自道鄉里[2]，無人知姓名。朝從灘上飯，暮向蘆中宿。歌竟還復歌，手持一竿竹。竿頭釣絲長丈餘，鼓枻乘流無定居。世人那得解深意，此翁取適非取魚。

【校記】

［1］汲本於題目下注：集作“漁父”。

［2］里，汲本作“理”。莫校：里，毛誤“理”。

莪[1]葵花歌[2]

昨日一花開，今日一花開。今日花正好，昨日花已老[3]。人生不得長少年，莫惜床頭沽酒錢。請君[4]有錢向酒家,君不見莪[5]葵花。

【校記】

[1] 莪,汲本、毛本、鄭本、沈本、楊本、張本作“戎”。

[2] 汲本、張本於題目下注:戎,一作“蜀”。

[3] “昨日花已老”,汲本、毛本、鄭本、沈本、楊本、張本於此句下有“始知人老不如花,可惜落花君莫掃”二句。莫校:毛本“已老”下多“始知人老不如花,可惜落花君莫掃”十四字,非。

[4] 毛本、鄭本、沈本、楊本無“請君”二字。

[5] 莪,汲本、毛本、鄭本、沈本、楊本、張本作“戎”。

偃師東與韓擳[1]同訪[2]景雲暉上人即事

山陰老僧解楞伽,潁陽歸客遠[3]相過。烟深草濕昨夜雨,雨後秋風度灃河。空山終日塵事少,平郊遠見行人小。尚書磧上黄昏鐘,别駕渡頭一歸鳥。

【校記】

[1] 擳,汲本、毛本、鄭本、沈本、楊本、張本作“樽”。莫校:樽。毛

[2] 訪,汲本、張本作“詣”。

[3] 遠,鄭本作“還”。

春　夢

洞房昨夜春風起,遥憶美人湘江水。枕上片時春夢中,行盡江南數千里。

河岳英靈集下

崔　顥[1]

顥少年[2]爲詩,屬意浮艷[3],多[4]陷輕薄,晚節忽變常體,風骨凛然,一窺塞垣,説盡戎旅。至如"殺人遼水上,走馬漁陽歸。錯落金瑣[5]甲,蒙茸貂鼠衣",又"春風吹淺草,獵騎何翩翩。插羽兩相顧,鳴弓新上[6]弦",可與鮑照[7]、江淹[8]并驅也。一作"鳴弓上新弦"[9]。

【校記】

[1] 汲本"崔顥"下注:十一首。張本"崔顥"下注:卞州人,司勳員外郎,太僕寺丞。　張本無詩前品藻。

[2] 少年,汲本、毛本、鄭本、沈本、楊本作"年少"。莫校:少年,毛作"年少"。

[3] 屬意浮艷,汲本、毛本、鄭本、沈本、楊本無此四字。莫校:無"屬意浮艷"一句。

[4] 多,汲本、毛本、鄭本、沈本、楊本作"名"。莫校:多,誤作"名"。

[5] 瑣,汲本、毛本、鄭本、沈本、楊本作"鎖"。

[6] 新上,汲本、毛本、鄭本、沈本、楊本作"上新"。

[7] 照,汲本、毛本、鄭本、沈本、楊本作"昭"。莫校:照,毛作"昭"。

[8] 江淹,汲本、毛本、鄭本、沈本、楊本無此二字。莫校:少"江淹"二字。

［9］汲本、毛本、沈本、鄭本、楊本無小注。

贈王威古

三十羽林將，出身常事邊。春風吹淺草，獵騎何翩翩。插羽兩相顧，鳴弓新上[1]弦。射麋入深谷，飲馬投荒泉。馬上共傾酒，野中聊割鮮。相看未及醉[2]，雜虜寇幽燕。烽火去不息，胡山高際天。長驅救東北，戰解城亦全。報國行赴難，古來皆共然。

【校記】

［1］新上，汲本、毛本、鄭本、沈本、楊本、張本作"上新"。莫校：新上，毛作"上新"。

［2］醉，汲本、毛本、鄭本、沈本、楊本、張本作"飲"。

古游俠呈軍中諸將[1]

少年負膽氣，好勇復知機。扙[2]劍出門去，孤城逢合圍。殺人遼水上，走馬漁陽歸。錯落金瑣[3]甲，蒙茸貂鼠衣。還家行且[4]獵，弓矢[5]速如飛。地迥[6]鷹犬[7]疾，草深狐兔肥。腰間帶兩綬，轉眄[8]生光輝。顧謂今日戰，何如隨建威。

【校記】

［1］汲本於題目下注：《國秀集》題少下五字，小异。

［2］扙，汲本、毛本、鄭本、沈本、楊本、張本作"杖"。莫校：杖。毛

［3］瑣，汲本、毛本、鄭本、沈本、楊本、張本作"鎖"。

［4］行且，汲本、毛本、鄭本、沈本、楊本作“且行”。

［5］矢，楊本作“馬”。

［6］迥，鄭本作“迴”。

［7］犬，鄭本作“大”。

［8］眄，毛本、鄭本、沈本、楊本、張本作“盼”。

送單于裴都護[1]

征馬去[2]翩翩，秋城月正圓。單于莫近塞，都護欲臨[3]邊。漢驛通烟火，胡沙乏水泉。功成須獻捷，未必去經年。

【校記】

［1］汲本、張本題目作“送單于裴都護赴西河”。莫校：“都護”下毛多“赴西河”三字。

［2］去，汲本作“出”。莫校：去，毛作“出”。

［3］臨，毛本、鄭本、沈本、楊本作“回”。

江南曲

君家定[1]何處，妾住在横塘。停船暫借問，或可[2]是同鄉。

【校記】

［1］定，張本作“住”。

［2］可，張本作“恐”。

贈懷一上人

法師東南秀,世實豪家子。削髮十二年,誦經峨[1]眉裏。自此照群蒙,卓然爲道雄。觀生盡歸[2]妄,悟有皆成空。洗意無衆染,若[3]心歸妙宗。一朝敕書至,召入承明宫。説法金殿裏,焚香清禁中。傳燈遍都邑,杖[4]錫游王公。天子揖妙道,群僚趨下風。我本法無着,時來出林壑。因心得化域[5],隨病皆與藥。上啓黄屋心,下除蒼生縛[6]。一從入君門,説法無朝昏。帝作轉輪王[7],師爲持戒尊。軒風灑甘露,佛雨生慈根。但有滅度理,而無開濟恩。復聞江海曲,好殺成風俗。帝曰我上人,爲除羶腥欲。是日發西秦,東南至蘄春。風將衡桂接,地與吴楚鄰。舊少清信士,實多漁獵人。一聞吾師至,捨網江湖濱。作禮懺前惡,潔誠期後因。因成日既久,事濟身不守。更出淮楚間,復來荆河口。荆河馬卿岑,兹地近道林。入講鳥常狎,坐禪獸不侵。都非緣未盡,曾是教所任。故我一來事,永永[8]微妙音。竹房見衣鉢,松宇清身心。早悔業志[9]淺,晚成計可尋。善哉遠[10]公義,清净如黄金。

【校記】

[1] 峨,張本作"蛾"。

[2] 歸,張本作"入"。

[3] 若,汲本、毛本、鄭本、沈本、楊本、張本作"苦"。莫校:若,毛作"苦"。

[4] 杖,楊本作"枝"。

［5］域，汲本作“城”，張本作“成”。莫校：域，毛作“城”。

［6］縳，汲本、楊本、張本作“縛”。莫校：縛。毛

［7］王，汲本、毛本、鄭本、沈本、楊本作“主”。莫校：王，毛作“主”。

［8］永永，汲本、楊本、張本作“永承”。莫校：下“永”，毛作“承”。

［9］志，張本作“至”。

［10］遠，汲本、毛本、鄭本、沈本、楊本作“達”。

結定襄獄效陶體［1］

我在河東時，使往定襄里。定襄諸小兒，諍訟紛城市。長老莫敢言，太守不能理。謗書盈几案，文墨相填委。牽引肆中翁，追呼田家子。我來折此獄，五［2］一作師聽辨疑似。小大必以情，未嘗施鞭箠。是時三月暮，遍野農桑起。里巷鳴春鳩，田園引流水。此鄉多雜俗，戎夏殊音旨。顧問邊塞人，勞情曷云已。

【校記】

［1］汲本、張本題目作“結定襄郡獄”，毛本、鄭本、沈本、楊本題目作“定襄陽郡獄”。汲本於題目下注：《國秀集》題下多“效陶體”三字，小异。莫校：毛“襄”下多“郡”字，無“效陶體”三字。

［2］五，汲本、毛本、鄭本、沈本、楊本、張本作“師”。莫校：五，毛作“師”，無校注。

遼　西

燕郊芳[1]歲晚,殘雪凍邊城。四月青草合,遼陽春水生。胡人正牧馬,漢將日徵兵。露重寶刀濕,沙虚金甲鳴。寒衣着已盡,春服誰爲成。寄語洛陽使,爲傳邊塞情。

【校記】

[1] 芳,汲本作"方"。

盃門行

黄雀銜黄花,翩翩傍檐隙。本擬報君恩,如何返[1]彈射。金罍美酒满座[2]春,平原愛才多衆賓。满堂盡是忠義士,何意得有讒[3]諛人。諛言翻覆那可道,能令君心不自保。北園新栽桃李枝,根株未固何轉移。成陰結子君自取,若一作借問傍人那得知[4]。

【校記】

[1] 返,張本作"反"。

[2] 座,汲本、毛本、鄭本、沈本、楊本作"坐"。

[3] 讒,張本作"纔"。

[4] 毛本、鄭本、沈本、楊本於詩末注:一作"借問"。張本此句無小注。莫校:毛無校注三字。

霍將軍篇[1]

長安甲第高入雲,誰家居住霍將軍。日晚朝迴擁賓從,路傍揖拜何紛紛。莫言炙手手不[2]熱,須臾火盡灰亦滅。莫言貧賤即可欺,人生富貴自有時。一朝天子賜顔色,世事[3]一作上悠悠應自[4]一作始知。

【校記】

[1] 汲本於題目下注:或作“長安道”。莫校:毛校注云:或作“長安道”。

[2] 不,汲本、毛本、鄭本、沈本、楊本、張本作“可”。莫校:不,毛作“可”。

[3] 事,汲本、毛本、鄭本、沈本、楊本、張本作“上”,無小注。

[4] 自,汲本、張本作“始”。汲本、毛本、鄭本、沈本、楊本、張本無小注。莫校:末句毛同“一作”,無校注。

雁門胡人歌

高山代郡接東[1]燕,雁門胡人家近邊。解放胡鷹逐塞鳥,能將代[2]馬獵秋田。山頭野火寒[3]多燒,雨[4]裏孤峰濕作烟。聞道遼西無鬥戰,時時醉向酒家眠。

【校記】

[1] 接東,汲本、張本作“東接”。

[2] 代,張本作“騎”。

[3] 寒,毛本、鄭本、沈本、楊本作“閑”。

[4] 雨,汲本作“霧”,張本注:一作“霧”。莫校:雨,毛作“霧”。

黄鶴樓[1]

昔人已乘白雲去,此地空遺[2]黄鶴樓。黄鶴一去不復返,白雲千載空[3]悠悠。晴川歷歷漢陽樹,春草萋萋鸚鵡洲。日暮鄉關何處在[4],烟波江上使人愁。

【校記】

[1] 汲本於題目下注:《國秀集》小异。

[2] 遺,汲本、毛本、鄭本、沈本、楊本、張本作“餘”。

[3] 空,汲本作“共”。

[4] 在,汲本作“是”,張本於句末注:一作“是”。莫校:在,毛作“是”。

薛　據[1]

據爲人骨鯁,有氣魄,其文亦爾。自傷不早達,因著《古興》詩云:“投珠恐見疑,抱玉但垂泣。道在君不舉,功成嘆何及。”怨憤頗深。至如“寒風吹長林,白日原上没”,又“孟冬時晷短[2],日盡西南天”,可謂曠代之佳句也[3]。

【校記】

[1] 汲本“薛據”下注:十首。張本“薛據”下注:荆南人,官太子司議郎。　張本無詩前品藻。

[2] 晷短,汲本、毛本、鄭本、沈本、楊本作“短晷”。

[3] 汲本、毛本、鄭本、沈本、楊本此句無“也”字。莫校:毛無“也”字。

古　興

日中望雙[1]闕，軒蓋揚飛塵。鳴佩[2]初罷朝，自言皆近臣。光華滿道路，意氣安可親。歸來宴高堂，廣筵羅八珍。僕妾盡紈綺[3]，歌舞夜達晨。四時自[4]相代，誰能分[5]要津。已看覆前車，未見易後輪。丈夫須兼濟，豈得[6]樂一身。君今皆得志，肯顧憔悴人。

【校記】

[1] 雙，毛本、鄭本、沈本、楊本作"仙"。

[2] 佩，汲本、毛本、鄭本、沈本、楊本、張本作"珮"。

[3] 紈綺，汲本、毛本、鄭本、沈本、楊本作"綺紈"。

[4] 自，汲本、毛本、鄭本、沈本、楊本、張本作"固"。

[5] 分，汲本、張本作"久"。莫校：分，毛作"久"。

[6] 得，汲本、毛本、鄭本、沈本、楊本、張本作"能"。莫校：得，毛作"能"。

初去郡齋書情[1]

肅徒辭汝潁，懷古獨凄然。尚想文王化，猶思巢父賢。時移多讒巧，大道竟誰傳。况見疾風起，悠悠旌旆懸。征鴻無返翼，歸流不停川。已經霜露[2]下，仍驗[3]松柏堅。回首望城邑，迢迢間雲烟。志士不傷物，小人皆自妍。感時惟責己，在道非怨天。從此適樂土，東歸得幾年。

【校記】

[1] 情，汲本作"懷"。莫校：情，毛作"懷"。

［2］露，汲本、毛本、鄭本、沈本、楊本作“雪”。莫校：露，毛作“雪”。（莫）按：當是“霰”。

［3］驗，張本作“念”。

落第後口號

十五能文西入秦，三十無家作路人。時命不將明主合，布衣空惹洛陽塵。一本作綦毋潛詩［1］。

【校記】

［1］汲本、毛本、鄭本、沈本、楊本、張本均無此小注。莫校：毛無校注。

題丹陽陶司馬廳［1］

高鑒清洞徹，儒風人進［2］難。詔書增寵命，才子益能官。門帶山光晚，城臨江水寒。唯余［3］好文客，時得咏幽蘭。

【校記】

［1］汲本、張本題目“廳”下有“壁”字。莫校：“廳”下毛多“壁”字。

［2］“高鑒清洞徹，儒風人進”，原爲墨丁。莫校：高鑒清洞徹，儒風人進。毛

［3］余，汲本作“餘”。

冬夜寓居寄儲太祝[1]

自爲洛陽客,夫子吾[2]知音。愛義能下士,時人無此心。奈何離居夜,巢鳥飛空林。愁坐至月上,復聞南鄰砧。

【校記】

[1] 汲本於題目下注:或刻"綦毋潛"。

[2] 吾,張本作"我"。

懷哉行

明時無廢人,廣厦[1]無棄材。良工不我顧,有用寧自媒。懷策望君門,歲晏空遲迴。秦城多車馬,日夕飛塵埃。伐鼓千門啓,鳴珂雙闕來。我聞雷施天[2],天澤[3]罔不該[4]。何意斯人徒,棄之如死灰。主好臣必效,時禁權必開。俗流實驕矜,得志輕草萊。文王賴多士,漢帝資群才[5]。一言并拜將[6],片善咸[7]居台。夫君何不遇,爲泣黄金臺。

【校記】

[1] 厦,沈本作"夏"。

[2] 施天,汲本、毛本、鄭本、沈本、楊本作"雨施"。莫校:施天,毛作"雨施"。

[3] 澤,原爲墨丁。莫校:澤。毛

[4] 該,鄭本作"駭"。

[5] 才,楊本、張本作"材"。

[6] 將,汲本作"相"。

［7］咸，毛本、鄭本、沈本、楊本作“成”。

泊鎮[1]澤口

日落草木陰，舟徙泊江汜。蒼茫萬象開，合沓聞風水。洄沿值漁翁，窅[2]窱[3]逢樵子。雲開天宇静，月明照萬里。早雁湖上飛，晨鐘海邊起。獨坐嗟遠游，登岸望孤洲。零落星欲盡，朣朦氣漸收。行藏空自秉，智誠[4]仍未周。伍胥既伏劍，范蠡亦乘流。歌竟鼓楫去，三江多客愁。

【校記】

［1］鎮，汲本、毛本、鄭本、沈本、楊本、張本作“震”。

［2］窅，汲本、毛本、鄭本、沈本、張本作“窈”，楊本作“噭”。莫校：窈。

［3］窱，楊本作“嘯”。

［4］誠，汲本、毛本、鄭本、沈本、楊本、張本作“識”。莫校：誠，毛作“識”。

西陵口觀海

淅[1]江漫湯湯，近海勢彌廣。在昔胚[2]混凝，融爲百川長[3]。地形失端倪，天色潛滉[4]瀁。東南際萬里，極目遠無象。山影乍浮沉，潮波忽來往。孤帆或不見，棹歌猶嚮[5]像。日暮長風起，客心空振蕩。浦口霞未收，潭心月初上。林嶼幾邅迴，亭皋時偃仰。歲晏訪蓬瀛，真游非外獎。

【校記】

［1］浙，汲本、毛本、鄭本、沈本、楊本、張本作“長”。莫校：浙，毛作“長”。

［2］胚，汲本、毛本、鄭本、沈本、楊本作“坯”，張本作“坏”。

［3］長，汲本、毛本、鄭本、沈本、楊本、張本作“泱”。莫校：長，毛作“泱”。

［4］潛滉，毛本、鄭本、沈本、楊本作“滉洸”。

［5］嚮，汲本、張本作“想”。莫校：嚮，毛作“想”。

登秦望山

南登秦望山，目極大海空。朝陽半蕩谷[1]，晃朗天水紅。溪壑争噴薄，江湖遞交通。而多漁商客，不悟[2]歲月窮。振緡迎早潮，弭棹候遠[3]風。予本萍泛者，乘流任西東。茫茫天際帆，栖泊何時同。將尋會稽迹，從此訪任公。

【校記】

［1］谷，汲本、毛本、鄭本、沈本、楊本、張本作“漾”。莫校：谷，毛作“漾”。

［2］悟，張本作“誤”。

［3］遠，張本作“長”。

出青門往南山下別業

舊居在南山，夙駕自城闕。榛莽相蔽虧，去爾漸超忽。散漫餘雪晴，蒼茫季冬月。寒風吹長林，白日原上没。懷抱曠莫伸，相知阻胡越。弱年好栖隱，鍊藥在岩窟。及此離垢氛,興來亦因物。末路期赤松,斯言庶不伐。

綦毋潛[1]

潛詩屹崒峭蒨足佳句,善寫方外之情。至如"松覆山殿冷",不可多得;又"塔影挂清漢,鐘聲和白雲",歷代未有。荆南分野,數百年來,獨秀斯人。[2]

【校記】

[1] 汲本"綦毋潛"下注:六首,小序與時刻不同。張本於"綦毋潛"下注:字季通,荆南人,開元十四年進士。由宜壽縣尉入爲集賢待制,遷右拾遺,終著作郎。　張本無詩前品藻。

[2] 汲本品藻語與此頗有不同,引録如下:拾遺詩舉體清秀,蕭蕭跨俗,桑門之役,于己獨能。至如"松覆山殿冷",不可多得;又如"鐘聲扣白雲",歷代未有。借使若人加氣質,減雕飾,則高視三百年外也。

莫校:毛本此序作:拾遺詩舉體清秀,蕭蕭跨俗,桑門之役,于己獨能。至如"松覆山殿冷",不可多得;又如"鐘聲扣白雲",歷代未有。借使若人加氣質,減雕飾,則高視三百年外也。

春泛若耶

幽意無斷絶,此去隨所偶。晚風吹行舟,花路[1]入溪口。際夜轉西壑,隔山望南斗。潭烟飛溶溶,林月[2]低向後。生事且彌漫,願爲持竿叟。

【校記】

［1］路，汲本作“落”。莫校：路，毛誤“落”。

［2］月，毛本、鄭本、沈本、楊本作“風”。

題招隱寺絢公房

開士度人久，空山花霧深。徒知宴[1]坐處，不見有爲心。蘭若門對壑，田家路隔林。還言澄法性，歸去比黃金。

【校記】

［1］宴，汲本、毛本、鄭本、沈本、楊本、張本作“燕”。

題鶴林寺

道門隱形[1]勝，向背臨層霄。松覆山殿冷，花藏溪路遥。珊珊寶幡挂，焰焰明燈燒。遲日半空谷，春風連上潮。少憑水木興，暫添[2]身心調。願謝携手客，兹山禪侶[3]饒。

【校記】

［1］形，鄭本作“刑”。

［2］添，汲本作“忝”，張本作“令”。

［3］侶，毛本、鄭本、沈本、楊本、張本作“誦”。

題靈隱寺山頂[1]院

招提此山頂，下界不相聞。塔影挂清漢，鐘聲和[2]白雲。觀空静室掩，行道衆香焚。且駐西來駕，人天日未曛。

【校記】

［1］汲本、張本題目“頂”後多“禪”字。

[2] 和,汲本作“扣”。莫校:和,毛作“扣”。

送儲十二還莊城

西坂何繚繞,青林問子家。天寒噪野雀,日晚度城鴉。寂歷道傍樹,曈曨原上霞。兹情不可説,長恨隱淪賒。

若耶溪逢孔九

相逢此溪曲,勝托在烟霞。潭影竹裏[1]動,岩陰檐際斜。人言上皇代,犬吠武陵家。借問淹留日,春風滿若耶。

【校記】

[1] 裏,汲本、張本作“間”。莫校:裏,毛作“間”。

孟浩然[1]

余嘗謂禰衡不遇,趙壹無禄,其過在人也。及觀襄陽孟浩然,聲[2]折謙退,才名日高,天下籍甚[3],竟淪落明代,終於布衣,悲夫!浩然詩,文彩丰茸,經緯綿密,半遵雅調,全削凡體。至如“衆山遥對酒,孤嶼共題詩”,無論興象,兼復故實。又“氣蒸雲夢澤,波動[4]岳陽城”,亦爲高唱。《建德江宿》云:“移舟泊烟渚,日暮客愁新。野曠天低樹,江清月近人。”[5]

【校記】

[1] 汲本“孟浩然”下注:六首。詩作不包含《永嘉上浦館逢張子容》《夜渡湘江》《渡湘江問舟中人》三首。張本“孟浩然”下注:

襄陽人,隱鹿門山。　張本無詩前品藻。

[2] 磬,汲本、毛本、鄭本、沈本、楊本作“罄”。莫校:磬,毛作“罄”。

[3] 甚,毛本、鄭本、沈本、楊本作“臺”。

[4] 動,汲本作“撼”。莫校:動,毛作“撼”。

[5] “建德”以下二十五字,汲本、毛本、鄭本、沈本、楊本皆無。莫校:“月近人”下當有一語評之。毛本無“建德”下廿五字。

過景空寺故融公蘭若

池上青蓮宇,林間白馬泉。故人成异物,過憩[1]獨潸然。既禮新松[2]塔,還尋舊石筵。平生竹如意,猶挂草堂前。

【校記】

[1] 憩,汲本、張本作“客”。莫校:憩,毛作“客”。

[2] 松,毛本、鄭本、沈本、楊本作“墳”。

過融上人蘭若[1]

山頭禪室挂僧衣,窗外無人越[2]一作溪鳥飛。黄昏半在下山路,却聽松聲聯[3]翠微。

【校記】

[1] 毛本、鄭本、沈本、楊本題目無“融”字。

[2] 越,汲本作“溪”。汲本、鄭本、毛本、沈本、楊本、張本無小注。莫校:越,毛作“溪”,無校注。

[3] 聯,汲本作“戀”。莫校:聯,毛作“戀”。

裴司士見尋[1]

府僚能枉駕，家醞復新開。落日池上酌，清風松下來。厨人具雞黍，稚子摘楊[2]梅。誰道山[3]翁[4]醉，猶能騎馬迴。

【校記】

［1］汲本題目作“裴司户員司士見尋”，張本作“裴司士員司户見尋”。毛本、鄭本、沈本、楊本作“裴司户員司士見答”。莫校：“司”下毛多“户員司”三字。

［2］楊，楊本作“揚”。

［3］山，張本作“仙”。

［4］翁，汲本作“公”。莫校：翁，毛作“公”。

永嘉上浦館逢張子容[1]

逆旅相逢處，江村日暮時。衆山遥對酒，孤嶼共題詩。廨宇鄰鮫室，人烟接島夷。鄉關萬餘里，失路一相悲。

【校記】

［1］汲本、毛本、鄭本、沈本、楊本、張本皆未載此詩。莫校：毛無“永嘉”一首。

九日懷[1]襄陽

去國似如昨，倏焉經杪秋。峴山望不見，風景令人愁。誰采籬下菊，應閑池上樓。宜城多美酒，歸與葛强[2]游。

【校記】

［1］懷，張本作"還"。

［2］强，張本作"疆"。

歸故園作

北闕休上書，南山歸弊[1]廬。不才明主棄，多病故人疏。白髮催年老[2]，青陽逼歲除。永懷愁不寐，松月夜窗虛。

【校記】

［1］弊，楊本作"敝"。

［2］年老，汲本作"老年"。

夜歸鹿門歌

山寺鳴鐘晝已昏，魚[1]梁渡頭爭渡喧。人隨沙道[2]向江村，予[3]亦乘舟歸鹿門。鹿門月照烟中[4]樹，忽到龐公栖隱處。岩扉松徑長寂寥，唯有幽人夜來去。

【校記】

［1］魚，張本作"漁"。

［2］道，汲本、毛本、鄭本、沈本、楊本作"路"，張本作"岸"。莫校：道，毛作"路"。

［3］予，汲本作"余"。

［4］烟中，張本作"開烟"。

夜渡湘江[1]

客行貪利涉，夜裏渡湘川。露氣聞芳杜，歌聲識采蓮。榜人投岸火，漁子宿潭烟。行侶[2]遥相問，涔陽何處邊。

【校記】

［1］此首與下一首《渡湘江問舟中人》，汲本、毛本、鄭本、沈本、楊本、張本俱載作崔國輔詩。此首題目中"渡"，毛本、沈本作"度"。莫校：毛無此二首，乃編在崔國輔諸詩末。

［2］侣，張本作"旅"。

渡湘[1]江問舟中人

潮落江平未有風，扁舟共濟與君同。時時引領望天末，何處青山是越中。

【校記】

［1］湘，汲本、毛本、鄭本、沈本、楊本、張本作"浙"。莫校：湘，毛作"浙"。

崔國輔[1]

國輔詩婉孌清楚，深宜諷味，樂府數章，古人不能過[2]也。

【校記】

［1］汲本"崔國輔"下注：十三首。張本"崔國輔"下注：吴郡人，累遷集賢直學士，禮部員外郎，後貶竟陵郡司馬。　張本無詩

前品藻。

[2] 能過,汲本、毛本、鄭本、沈本、楊本作“及”。莫校:能過,毛作“及”。

雜 詩

逢著平樂兒,論交鞍馬前。興酣[1]一斗酒,恰用十千錢。後余在關内,作事多迍邅。何處肯相救[2],徒聞寶劍篇。

【校記】

[1] 興酣,汲本作“與酷”。莫校:興酣,毛誤“與酷”。

[2] 何處肯相救,汲本、毛本、鄭本、沈本、楊本、張本作“何肯相救援”。莫校:何肯相救援。毛

石頭瀨作

悵矣秋風時,余臨石頭瀨。日[1]高見超遠,望盡此[2]州内。羽山數[3]點青,海岸雜光碎。離離樹木少,漭漭波潮大。日暮千里帆,南飛落天外。須臾遂入夜,楚色有微藹。尋遠迹已窮,遺榮事多昧。一身猶未理,安得濟時代。且泛朝夕潮,荷衣蕙爲帶。

【校記】

[1] 日,汲本、張本作“因”。莫校:日,毛作“因”。

[2] 此,楊本作“北”。

[3] 數,原爲墨丁。莫校:數。毛

魏公詞

朝日點紅妝，擬上銅雀臺。畫眉猶未竟，魏帝使人催。

怨　詞

妾有羅衣裳，秦王在時作。爲舞春風多，秋來不堪着。

少年行[1]

遺却珊瑚鞭，白馬驕不行。章臺折楊柳，春日路傍情。

【校記】

［1］汲本於題目下注：《國秀集》同。

長信草

長信宫中草，年年愁處生。時侵珠履迹，不使玉階行。

香風詞[1]

洛陽梨花落如霰，河陽桃葉生復齊。坐怨玉樓春欲盡，紅綿粉絮裛妝啼。

【校記】

［1］汲本於題目下注：或作“白苧詞”。

對酒吟

行行日將夕,荒村古冢無人迹。蒙籠[1]荆棘一鳥吟,屢勸提壺酤酒吃。古人不達酒不足,遺恨精靈傳此曲。寄言世上諸少年,平生且盡杯中緑[2]。

【校記】

[1] 蒙籠,毛本、沈本、鄭本、楊本作"朦朧"。

[2] 緑,張本作"醁"。

漂母岸

泗水入淮處,南邊古岸存。秦時有漂母,於此饋[1]王孫。王孫初未遇,寄食何多[2]論。後爲楚王來,黄金答母恩[3]。事迹貴[4]在此,空傷千載魂。前臨雙小[5]渚,上有一孤墩。遥[6]望淮陰口[7],蒼蒼霧樹昏。幾年崩冢色,每[8]日落潮[9]痕。古地多陻阸[10],時哉不敢[11]言。向夕泪沾裳,只宿蘆洲村。

【校記】

[1] 饋,汲本、毛本、鄭本、沈本、楊本作"見",張本作"飯"。

[2] 多,汲本作"足"。莫校:多,毛作"足"。

[3] 後爲楚王來,黄金答母恩,汲本、毛本、鄭本、沈本、楊本、張本作"後爲淮陰侯,誓欲答母恩"。莫校:楚王來,毛作"淮陰侯";黄金,毛作"誓欲"。

[4] 貴,汲本、張本作"遺"。莫校:貴,作"遺"。

[5] 前臨雙小,汲本、毛本、鄭本、沈本、楊本、張本作"茫茫水

中”。莫校:前臨雙小,毛作“茫茫水中”。

［6］遥,原爲墨丁。

［7］淮陰口,汲本、毛本、鄭本、沈本、楊本、張本作“不可到”。莫校:淮陰口,毛作“不可到”。

［8］每,汲本、毛本、鄭本、沈本、楊本、張本作“暮”。莫校:每,毛作“莫”。

［9］潮,毛本、鄭本、沈本、楊本作“波”。

［10］阨,汲本、張本作“圮”。

［11］敢,楊本作“可”。

湖南曲

湖南送君去,湖北送君歸。湖裹鴛鴦鳥,雙雙他自飛。

秦中感興寄遠上人[1]

一丘常欲卧,三徑苦無資。北上非吾願,東林懷我師。黄金燃桂盡,壯志逐年衰。日夕凉風至,聞[2]蟬但[3]益悲。

【校記】

［1］汲本於題目下注:一刻“下三首(按,指此詩與《夜渡湘江》《渡浙江問舟中人》)孟浩然作,崔集亦不載”。張本於題目下注:以下三首乃孟浩然作。莫校:毛此題下校云:一刻“下三首孟浩然作,崔集亦不載”,而以前録浩然末二首編此後。

［2］聞,毛本、鄭本、沈本爲墨丁。

［3］但,原爲墨丁。鄭本、沈本亦爲墨丁。莫校:但。毛

儲光羲[1]

儲公詩,格高調逸,趣遠情深,刬盡常言,挾風雅之道[2],得[3]浩然之氣。《述華清宫》詩云:"山開鴻濛色,天轉招摇星。"又《游茅山》詩云:"山[4]門入松栢[5],天路涵虚空。"此例數百句,已略見《荆楊[6]集》,不復廣引。璠嘗睹[7]公《正論》十五卷,《九經分[8]一作外義疏》二十卷,言博理當,實可謂經國之大才。

【校記】

[1] 汲本"儲光羲"下注:十二首。張本"儲光羲"下注:兖州人,又云潤州人,開元十四年進士,歷監察御史。　張本無詩前品藻。

[2] 道,汲本、毛本、鄭本、沈本、楊本作"迹"。莫校:道,毛作"迹",下遺"得"字。

[3] 得,汲本、毛本、鄭本、沈本、楊本無。

[4] 山,汲本、毛本、楊本作"小"。莫校:山門,毛誤"小門"。

[5] 栢,莫校:柏。毛

[6] 楊,汲本、毛本、鄭本、沈本、楊本作"揚"。

[7] "睹"字後原爲墨丁。莫校:"睹"下毛本接"公"字。此之空格,殆"儲"字也。

[8] 分,汲本、毛本、鄭本、沈本、楊本作"外"。莫校:分,毛作"外",無校注。

雜詩二章[1]

秋氣肅天地，太行高崔嵬[2]。猿狖清夜吟，其聲一何哀。寂寞掩圭蓽，夢寐游蓬萊。琪樹遠亭亭，玉堂雲中開。洪崖吹簫管，素女飄颻來。雨師既洗[3]後，道路無纖埃。鄙哉楚襄王，獨如雲陽臺。

渾肧[4]本無象，末路多是非。達士志寥廓，所在能忘機。耕鑿時未至，還山聊采薇。虎豹對我蹲，鸑鷟傍我飛。仙人空中來，謂我勿復歸。絡繹[5]爲君駕，雲霓爲君衣。西近[6]昆侖墟，可與世人違。

【校記】

［1］汲本題目無"二章"二字。

［2］嵬，張本作"巍"。

［3］洗，汲本、毛本、鄭本、沈本、張本作"先"。莫校：洗，毛作"先"。

［4］肧，楊本作"沌"。

［5］絡繹，汲本、毛本、鄭本、沈本、楊本作"格擇"，張本作"格澤"。莫校：絡繹，毛作"格澤"。按：汲本作"格擇"，何焯朱筆改"絡繹"，又藍筆旁注"澤"。

［6］近，汲本、張本作"游"。莫校：近，毛作"游"。

效古二章

晨登涼風臺，目[1]走邯鄲道。曜[2]靈何赫烈，四野無青草。大軍北集燕，天子西居鎬。婦人役州縣，丁男事征討。老幼相別離,泣哭[3]無昏早。稼穡既殄絶,川澤[4]復枯槁。曠哉遠此憂,冥冥商山皓。

東風吹大河,河水如倒流。河洲塵沙起,有若黄雲浮。赬霞燒廣澤,洪曜赫高丘。野老泣相逢[5],無地可蔭休。翰林有客卿,獨負蒼生憂。中夜起躑躅,思欲獻厥謀。君門峻且深,踠足空夷猶。

【校記】

[1] 目,汲本、毛本、鄭本、沈本、楊本、張本作“暮”。莫校:目,毛作“莫”。

[2] 曜,毛本、沈本作“曜”。

[3] 泣哭,張本作“哭泣”。

[4] “澤”字原殘損。莫校:澤。

[5] 逢,汲本、張本作“語”。莫校:逢,毛作“語”。

猛虎詞

寒亦不憂雪,飢亦不食人。人肉豈不甘,所[1]惡傷明神。太室爲我宅,孟門爲我鄰。百獸爲我膳,五龍爲我賓。象[2]馬一何威,浮江亦以仁。綵章曜[3]朝日,牙爪雄武臣。高雲逐氣浮,厚地隨聲震。君能賈餘勇,日夕長相親。

【校記】

[1] 所,楊本作“折”。

[2] 象,汲本、楊本作“蒙”,毛本、沈本、張本作“羃”,鄭本作“羃”。莫校:象,毛作“蒙”。

[3] 曜,毛本、鄭本、沈本、楊本、張本作“耀”。

射雉詞

曝暄理新翳,迎春射鳴雉。厚[1]田遥一色,皋陸曠千里。遠聞咿喔聲,時見雙飛起。羃[2]歷疏蒿下,陪鰓[3]深麥裏。顧敵仍[4]忘生,争雄方决死。仁心貴勇義,豈復能傷此。超遥下故墟,迢遞[5]回高軌[6]。丈[7]夫昔何苦,取笑歡妻子。

【校記】

[1] 厚,汲本、毛本、鄭本、沈本、楊本、張本作"原"。莫校:厚,毛作"原"。

[2] 羃,毛本、鄭本、沈本作"蒙"。

[3] 陪鰓,汲本、毛本、鄭本、沈本、楊本、張本作"毰毸"。莫校:陪鰓,毛作"毰毸"。

[4] 仍,汲本作"乃"。莫校:仍,毛作"乃"。

[5] 遞,汲本、沈本作"遰"。莫校:遞,毛作"遰"。

[6] 軌,汲本、楊本、張本作"畤"。莫校:軌,毛作"畤"。

[7] 丈,汲本、張本作"大"。

采蓮詞

淺渚荇花繁,深塘芰[1]葉疏。獨往方自得,耻邀淇上姝。廣江無術[2]阡,大澤絶方隅。浪中海童語,泪[3]下鮫人居。春雁[4]時隱舟,新荷[5]復滿湖。采采乘日養[6],不思賢與愚。

【校記】

[1] 芰,楊本、張本作"菱"。

［2］衕,楊本作“衍”。

［3］泪,汲本、毛本、鄭本、沈本、楊本作“林”,張本作“流”。莫校:泪,毛作“林”。

［4］雁,汲本、張本作“荻”。莫校:雁,毛作“荻”。

［5］荷,汲本、毛本、鄭本、沈本、楊本、張本作“萍”。莫校:荷,毛作“萍”。

［6］養,汲本、毛本、鄭本、沈本、楊本作“暮”。莫校:養,毛作“莫”。

牧童詞

不言牧田遠,不道牧波[1]深。所念牛馴擾,不亂牧童心。圓笠覆我首,長蓑披我襟。方將憂暑雨,亦以懼寒陰。大牛隱層坂,小牛穿近林。同顔[2]相鼓舞,觸物成謳吟。取樂須臾間,寧問聲與音。

【校記】

［1］波,汲本、毛本、鄭本、沈本、楊本、張本作“陂”。莫校:波,毛作“陂”。

［2］顔,汲本、楊本、張本作“類”。莫校:顔,毛作“類”。

田家事[1]

蒲葉日已長,杏花日已滋。老農要看此,貴不違天時。迎晨起飯牛,雙駕耕東菑。蚯蟥[2]土中出,田烏隨我飛。群鴿[3]亂啄噪,嗷嗷如道飢。我心多惻[4]隱,顧此兩傷悲。撥食與田烏,日暮空筐歸。親戚更相笑[5],我心終不移。

【校記】

［1］汲本、張本題目作“田家即事”。莫校:“家”下毛多“即”字。

［2］蠙,汲本、毛本、鄭本、沈本、楊本、張本作“蚓”。莫校:蠙,毛作“蚓”。

［3］鴿,汲本、毛本、鄭本、沈本、楊本、張本作“合”。莫校:鴿,毛作“合”。

［4］側,汲本、毛本、鄭本、沈本、楊本、張本作“惻”。莫校:側,毛作“惻”。

［5］笑,張本作“誚”。

寄孫山人

新林二月孤舟還,水滿清江花滿山。借問[1]故園隱君子,時時來去在人間。

【校記】

［1］問,毛本、鄭本、楊本作“間”。

酬綦毋挍[1]書夢游耶溪見贈之作

校[2]文在仙掖,每有滄洲心。况以北窗下,夢游清溪陰。春看湖口漫,夜入迴塘深。往往纜垂葛,出舟望前林。山人松下飯,釣客蘆中吟。小[3]隱何足貴,長年固可尋[4]。還車首東道,惠然若南金。以我采薇意,傳之天姥岑。

【校記】

［1］挍,毛本、沈本、楊本、張本作“校”。

［2］校，汲本作“挍”。

［3］小，毛本、鄭本作“水”。

［4］“長年固可尋”以下五句，汲本、毛本、鄭本、沈本、楊本、張本作：“勝游在幽尋。歷兹山水間，泠（鄭本、張本作“冷”）然若鳴琴。申章謝來意，愧莫酬知音。”汲本於詩末注云：末五句集作“長年固可尋。還車首東道，惠言若黄金。以我采薇意，傳之天姥岑”。

莫校：“長年”至末五句，毛本作：“勝游在幽尋。歷兹山水間，泠然若鳴琴。申章謝來意，愧莫酬知音。”又校注云：末五句集作云云，則與此同，惟“南金”作“黄金”。

使過彈筝峽作

鳥雀知天雪，群飛復群鳴。原田無遺粟，日暮滿空城。達士憂世務，鄙夫念王程。晨過彈筝峽，馬足凌兢行。雙壁隱靈耀[1]，莫能知晦明。皚皚堅冰色[2]，漫漫陰雲平。始信故[3]人言，苦節不可貞。

【校記】

［1］耀，汲本、毛本、鄭本、沈本、楊本、張本作“曜”。

［2］色，汲本、毛本、鄭本、沈本、楊本、張本作“白”。莫校：色，毛作“白”。

［3］故，汲本、楊本、張本作“古”。莫校：故，毛作“古”。

王昌齡[1]

元嘉[2]以還,四百年内,曹、劉、陸、謝,風骨頓盡。頃有太原王昌齡、魯國儲光羲,頗從厥迹[3]。且兩賢氣同體别,而王稍聲峻。至如"明堂坐天子,月朔朝諸侯。清樂動千門,皇風被九州。慶雲從東來,泱漭抱日流",又"雲起太華山,雲山互[4]明滅。東峰始含景,了了見松雪",又"楮[5]柟無冬春,柯葉連峰稠。陰壁下蒼黑,烟含清江樓。叠沙積爲岡,崩剥雨露幽。石脉盡横亘,潜潭何時流",又"京門望西岳,百里見郊樹。飛雨祠上來,靄然關中暮",又"奸雄乃得志,遂使群心摇。赤風蕩中原,烈火無遺巢。一人計不用,萬里空蕭條",又"百泉勢相蕩,巨石皆却立。昏爲蛟龍怒[6],清[7]見雲雨入",又"去時三十萬,獨自還長安。不信沙場苦,君看刀箭瘢",又"蘆荻寒蒼江,石頭岸邊飲",又"長亭酒未酣[8],千里風動地。天仗森森練雪擬[9],身騎鐵驄[10]白鷹臂",斯并驚耳駭目。今略舉其數十句,則中興高作可知矣。余嘗睹王公《長平伏寃》文[11]、《吊枳道賦》,仁有餘也。奈何晚節不矜細行,謗議沸騰,再[12]歷遐荒,使知音[13]嘆惜。

【校記】

[1] 汲本"王昌齡"下注:十六首。張本"王昌齡"下注:字少伯,江寧人,舉進士,秘書郎,後貶龍標尉。　張本無詩前品藻。

[2] 元嘉,毛本、鄭本、沈本、楊本作"昌齡"。

[3] 迹,毛本、鄭本、沈本、楊本作"遊"。

[4] 互,汲本、毛本、鄭本、沈本、楊本作"相"。莫校:互,毛作"相"。

［5］ 楮，汲本、毛本、鄭本、沈本、楊本作“櫧”。

［6］ 怒，汲本、毛本、鄭本、沈本、楊本作“窟”。

［7］ 清，汲本、毛本、鄭本、沈本、楊本作“時”。莫校：怒、清，毛作“窟”“時”。

［8］ 酣，汲本、毛本、鄭本、沈本、楊本作“醒”。

［9］ 擬，楊本作“凝”。

［10］ 鐵驄，汲本、毛本、鄭本、沈本、楊本作“駿馬”。莫校：鐵驄，毛作“駿馬”。

［11］ 文，汲本、毛本、鄭本、沈本、楊本作“又”。作“又”當屬下讀。莫校：文，毛作“又”。

［12］ 再，汲本、毛本、鄭本、沈本、楊本作“垂”。莫校：再，毛作“垂”。

［13］ 知音，汲本、毛本、鄭本、沈本、楊本作“知音者”。

咏　史［1］

荷畚至洛陽，胡馬屯北門。天下裂其七［2］，豺狼滿中原。明夷方濟世，斂翼黄埃昏。披雲見龍顔，始蒙國士恩。位重謀亦深，所舉無遺奔。長策寄臨終，末［3］南不可吞。賢智苟有時，貧賤何所論。唯然嵩山老，而後知我言。

【校記】

［1］ 按：此詩與汲本、毛本、鄭本、沈本、楊本、張本多有不同，難以對校，今全録如下：“荷畚至洛陽，杖策游北門。天下盡兵甲，豺狼滿中原。明夷方遘患，顧我徒崩奔。自慚菲薄才，誤蒙國士恩。位重任亦重，時危志彌敦。西北未及終，東南不可吞。進則耻保躬，退乃爲觸藩。嘆惜（楊本作“熷”）嵩山老，而後知其尊。”

汲本、張本於詩後注:本集《咏史》云:“荷畚至洛陽,胡馬屯北門。天下裂其土,豺狼滿中原。明夷方濟世,斂翼黄埃昏。披雲見龍顔,始蒙國士恩。位重謀亦深,所舉無遺奔。長策寄臨終,東南不可吞。賢智苟有時,貧賤安所論。惟然嵩山老,而後知我言。”

莫校:毛本此《咏史》下二章多與此异,其校注本集則與此同。毛本《咏史》詩云:“荷畚至洛陽,策杖游北門。天下盡兵甲,豺狼滿中原。明夷方遘患,顧我徒崩奔。自慚菲薄才,誤蒙國士恩。位重任亦重,時危志彌敦。西北未及終,東南不可吞。進則耻保躬,退乃爲觸藩。嘆惜嵩山老,而後知其尊。”

[2] 莫校:七,集作“土”。

[3] 莫校:末,集作“東”。

觀江淮名山圖[1]

刻意吟雲山,尤知隱淪妙。公遠[2]何爲者,再詣臨海嶠。而我高其風,披圖得遺照。援毫無逃境,遂展千里眺。淡掃荆門壁[3],明標[4]赤城燒。青葱林間嶺,隱見淮海徼。但指香爐頂,無聞白猿嘯。沙門既云滅,獨往豈殊調。感對懷拂衣,胡寧事漁釣。安期始遺舄,千古謝榮耀[5]。投迹庶可齊,滄浪有孤棹。

【校記】

[1]“刻意吟雲山”至“獨往豈殊調”,汲本、毛本、鄭本、沈本、楊本、張本多有不同,難以對校,今録於下:“刻意吟雲山,尤愛丹青妙。棱層列林巒,微茫出海嶠。而我高其人,揮毫發幽眇。持此尺寸圖,益展千里眺。淡掃霏素烟,濃抹映殘照。方溯江漢流,忽見淮海徼。湘纍謾興哀,英皇復誰吊。遐踪既云滅,獨往豈殊調。感

對懷拂衣,胡寧事漁釣。安期始遺舄,千古謝榮耀(毛本、鄭本作"曜")。投迹庶可齊,滄浪有孤棹。"

汲本、張本於詩後注:本集作《觀江淮名勝圖》,云:"刻意吟雲山,尤知隱淪妙。遠公何爲者,再詣臨海嶠。而我高其風,披圖得遺照。援毫無逃境,遂展千里眺。淡掃荆門烟,明標赤城燒。青葱林間嶺,隱見淮海徼。但指香爐頂,無聞白猿嘯。沙門既云滅,獨往豈殊調。感對懷拂衣,胡寧事漁釣。安期始遺舄,千古謝榮耀。投迹庶可齊,滄浪有孤棹。"

莫校:山,集作"勝"。毛本云:"刻意吟雲山,尤愛丹青妙。棱層列林巒,微茫出海嶠。而我高其人,揮毫發幽眇。持此尺寸圖,益展千里眺。淡掃霏素烟,濃抹映殘照。方溯江漢流,忽見淮海徼。湘纍謾興哀,英皇復誰吊。遐踪既云滅,獨往豈殊調。感對懷拂衣,胡寧事漁釣。安期始遺舄,千古謝榮耀。投迹庶可齊,滄浪有孤棹。"

[2] 莫校:公遠,集作"遠公"。

[3] 莫校:壁,集作"烟"。

[4] 莫校:摽,集作"標"。

[5] 耀,毛本、鄭本、沈本、楊本作"曜"。

香積寺禮拜萬迴平等二聖僧塔

真無御北[1]來,昔[2]有乘花[3]歸。如彼雙塔内,孰能知是非。愚也駭蒼生,聖哉爲帝師。當爲時世出,不由天地資。萬迴至[4]此方,平等性無違。今我一禮心,億劫同不移。肅肅松柏下,諸天來有時。

【校記】

[1] 北,汲本、張本作"化"。莫校:北,毛作"化"。

［2］昔，汲本、張本作“借”。莫校：昔，毛作“借”。

［3］花，汲本、楊本、張本作“化”。莫校：花，毛作“化”。

［4］至，汲本作“主”。莫校：至，毛作“主”。

齋　心

女蘿覆石壁，溪水幽濛朧[1]。紫葛蔓黄花，娟娟寒露中。朝飲花上露，夜卧松下風。雲英化爲水，光彩與我同。日月蕩精魂，寥寥天府空。

【校記】

［1］濛朧，汲本、毛本、鄭本、沈本、楊本、張本作“蒙籠”。

緱氏尉沈興宋[1]置酒南溪留贈

林色與溪古，深篁引幽翠。山樽在漁舟，棹月情已醉。始[2]窮清源口，壑絶人境异。春泉滴空崖，萌草坼[3]陰地。久之風榛寂，遠聞樵聲至。海雁時獨飛，永然滄洲[4]意。古時青冥客，滅迹淪一尉。五[5]子躊躇心，豈其紛埃事。緱岑信所刻，濟北余乃遂。齊物可任今[6]，息肩理猶未。卷舒形性表，脱略賢哲議。仲[7]月期角巾，飯僧嵩陽寺。

【校記】

［1］宋，汲本、張本作“宗”。

［2］始，毛本、鄭本、沈本、楊本作“如”。

［3］坼，毛本、鄭本、沈本作“圻”，張本作“拆”。

［4］洲，汲本、毛本、鄭本、沈本、張本作“州”。

［5］五，汲本、毛本、鄭本、沈本、楊本、張本作“吾”。莫校：五，毛作“吾”。

［6］可任今，汲本、毛本、鄭本、沈本、楊本、張本作“意已會”。莫校：可任今，毛作“意已會”。

［7］仲，汲本、毛本、鄭本、沈本、楊本、張本作“乘”。莫校：仲，毛作“乘”。

江上[1]聞笛

横笛怨江月，扁舟何處尋。聲長楚山外，曲繞胡關深。相去萬餘里，遥傳此夜心。寥寥浦溆寒，響盡惟幽林。不知誰家子，復奏邯鄲音。水客皆擁棹，空霜遂盈襟。羸馬望北走，遷人悲越吟。何當邊草白，旌節隴城陰。

【校記】

［1］上，毛本、鄭本、沈本、楊本作“山”。

東京府縣諸公與綦毋潛李頎相送至白馬寺宿

鞍馬上東門，徘徊入孤舟。賢豪相追送，即棹千里流。赤[1]峰落日在，空波微烟收。宦薄忘機括[2]，醉來却淹留。月明見古寺，林木[3]登高樓。南風開長廊[4]，夏夜如凉秋。江月照吴縣，西歸夢中游。

【校記】

［1］赤，汲本、張本作“遠”。莫校：赤，毛作“遠”。

［2］括，汲本作“栝”。莫校：括，毛誤“栝”。

［3］木，汲本、張本作“外”。莫校：木，毛作“外”。

［4］廓,汲本、張本作“廊”。莫校:廓,毛作“廊”。

趙十四見尋[1]

客來舒長簟,開閤延凉風。但見無弦琴,共君盡樽中。晚來常讀《易》,頃者欲還嵩。世事何須道,黄精且養蒙。嵇康殊寡識,張翰獨知終。忽憶鱸魚膾,扁舟往江東。

【校記】

［1］汲本、張本題目作“趙十四兄見訪”。汲本於題目下注:《國秀集》小异。莫校:尋,毛作“訪”。

少年行

西陵俠少年,客過[1]短長亭。青槐夾兩路,白馬如流星。聞道[2]羽書急,單于寇井陘。氣高輕赴難,誰顧燕山銘。

【校記】

［1］客過,汲本、張本作“送客”。莫校:客過,毛作“送客”。

［2］道,毛本、鄭本、沈本、楊本作“有”。

聽人流[1]水調子

孤舟微月對楓林,分付鳴箏與客心。嶺色千重萬重雨,斷弦收與泪痕深。

【校記】

［1］人流,汲本、張本作“流人”。

長歌行

曠野饒悲風,颼颼黄[1]蒿[2]草。繫馬倚白楊[3],誰知我懷抱。所是同懷[4]者,相逢盡衰老。况[5]登漢家陵,南望長安道。下有枯樹根,上有鼯鼠窠[6]。高王[7]子孫盡,千歲無人過。寶玉頻發掘,精靈其奈何。人生須達命,有酒且長歌。

【校記】

[1] 黄,楊本作"多"。

[2] 蒿,毛本、鄭本、沈本作"嵩"。

[3] 楊,鄭本、沈本、楊本作"揚"。

[4] 懷,汲本、張本作"袍"。

[5] 况,汲本作"北"。莫校:况,毛作"北"。

[6] 窠,張本作"巢"。

[7] 王,汲本、毛本、鄭本、沈本、楊本、張本作"皇"。莫校:王,毛作"皇"。

城傍曲

秋風鳴桑條,草白狐兔驕。邯鄲飯[1]一作飽來酒未消,城北原平掣皂雕。射殺空營兩騰虎,迴身却月佩弓弰。

【校記】

[1] 飯,汲本、張本作"飲"。汲本、毛本、鄭本、沈本、楊本、張本無小注。莫校:飯,毛作"飲",無校。

望臨洮[1]

飲馬度秋水，水寒風似刀。平沙日未没，黯黯見臨洮。當昔長城戰，咸言意氣高。黄塵是今古，白骨亂蓬蒿。

【校記】

[1] 汲本、毛本、鄭本、沈本、楊本、張本題目皆作“塞下曲”。汲本於題目下注:《國秀集》作“望臨洮”，小异。莫校:毛本此首題《塞下曲》，校注云:《國秀集》作“望臨洮”。

長信秋[1]

奉帚平明秋[2]殿開，暫[3]一作且將團扇共徘徊。玉顔不及寒鴉色，猶帶朝[4]陽日影來。

【校記】

[1] 秋，汲本、毛本、鄭本、沈本、楊本作“宫”，張本題目作“長信秋詞”。莫校:秋，毛作“宫”。

[2] 秋，汲本作“金”。莫校:秋，毛作“金”。

[3] 暫，汲本、張本作“蹔”。汲本、毛本、鄭本、沈本、楊本無小注。莫校:暫，作“蹔”，無校注。

[4] 朝，汲本、毛本、鄭本、沈本、楊本、張本作“昭”。

鄭縣陶太[1]公館中贈馮六元二

儒有輕王侯，脱略當世舉[2]。本家藍溪下，非爲漁弋故。無何[3]困躬耕，且欲馳水[4]路。幽居與君近，出谷同所務[5]。昨日辭石門，五年變秋露。雲龍未相感，干謁亦已屢。子爲黄綬羈，余忝蓬山顧。京門望西岳，百里見郊樹。飛雨祠上來，靄然關中暮。驅車鄭城宿，秉燭論往素。山月出華陰，開此河渚霧。清光比故人，豁達展心晤[6]。馮公尚戢翼，元子仍跼步。拂衣易爲高，論[7]迹難有趣。張范善終始，吾等豈不慕。罷酒當凉風，屈伸備冥數。

【校記】

[1] 鄭縣陶太，汲本、張本於"縣"下有"宿"字。太，沈本作"大"。莫校："縣"下毛多"宿"字。

[2] 舉，汲本、毛本、鄭本、沈本、楊本、張本作"務"。莫校：舉，毛作"務"。

[3] 何，汲本、毛本、鄭本、沈本、楊本、張本作"才"。莫校：何，毛作"才"。

[4] 水，汲本、毛本、鄭本、沈本、楊本、張本作"永"。莫校：水，毛作"永"。

[5] 務，汲本、鄭本、楊本作"鶩"，毛本、沈本作"鶩"。莫校：務，毛作"鶩"。

[6] 晤，汲本、毛本、鄭本、沈本、楊本、張本作"悟"。

[7] 論，汲本、張本作"淪"。莫校：論，毛作"淪"。

從軍行

烽火城西百尺樓，黄昏獨坐海風秋。更吹横笛關山月，無那金閨萬里愁。

賀蘭進明[1]

員外好古博雅[2]，經籍滿腹，其所著述一百餘家[3]，頗究天人之際。又有古詩八十首，大體符于阮公，又《行路難》五首，并多新興。

【校記】

[1] 汲本"賀蘭進明"下注：七首。張本"賀蘭進明"下注：至德中遷嶺南經略，終員外郎。　張本無詩前品藻。

[2] 雅，汲本、毛本、鄭本、沈本、楊本作"達"。莫校：雅，毛作"達"。

[3] 家，汲本、毛本、鄭本、沈本、楊本作"篇"。

古意二章[1]

秦庭初指鹿，群盜滿山東。忤意皆誅死，所言誰肯忠。武關猶未啓，兵入望夷宫。爲祟非涇水，人君道自窮。

崇蘭生澗底，香氣滿幽林。采采欲爲贈，何人是同心。日暮徒盈抱[2]一作把，徘徊幽思深。慨然紉雜佩，重奏丘中琴[3]。

【校記】

[1] 汲本題目無"二章"二字，張本"章"作"首"。

[2] 抱，汲本、張本作"把"。莫校：抱，毛作"把"。

[3] 毛本、鄭本、沈本、楊本於詩末注：一作"盈把"。

行路難五首[1]

君不見岩下井,百尺不及泉。君不見山上苗,數寸凌雲烟。人生相命亦如此,何苦太息自憂煎。但願親友[2]長含笑,相逢莫乏[3]杖頭錢。寒夜邀歡須秉燭,豈不[4]長思花柳年。

君不見門前[5]柳,榮耀[6]暫時蕭索久。君不見陌上花,狂風吹去落誰家。鄰家思婦見之嘆,蓬首不梳心歷亂。盛年夫婿長別離,歲暮相逢色凋换。

君不見芳樹枝,春花落盡蜂不窺。君不見梁上泥,秋風始高燕不栖。蕩子從軍事征戰,蛾眉嬋娟守空閨。獨宿自然堪下泪,况復時聞烏夜啼。

君不見雲間[7]月,暫盈還復缺。君不見林下風,聲遠意難窮。親故平生或聚散,歡娱未盡樽酒空。嘆息青青陵上柏,歲寒能有幾人同。

君不見東流水,一去無窮已。君不見西郊雲,日夕空氛氲。群雁徘徊不能去,一雁驚鳴復失群。人生結交在終始,莫以升沉中路分。

【校記】

[1] 汲本題目無"五首"二字。

[2] 友,張本作"交"。

[3] 乏,張本作"吝"。

[4] 不,張本作"得"。

[5] 前,毛本、鄭本、沈本、楊本作"中"。

[6] 耀,毛本、鄭本、沈本、楊本作"曜"。

[7] 間,汲本、毛本、鄭本、沈本、楊本、張本作"中"。莫校:間,毛作"中"。

崔　署[1]

署詩言詞款要,情興悲凉[2],送別登樓,俱堪泪下。

【校記】

[1] "署"與下文"署"字,汲本、毛本作"曙"。莫校:署,毛作"曙",次行"署"同。汲本"崔曙"下注:六首。張本"崔署"下注:宋州人,開元進士,河内尉。　張本無詩前品藻。

[2] "言詞款要,情興悲凉",汲本作"多嘆詞要妙,情意悲凉"。毛本、鄭本、沈本、楊本作"多嘆詞要妙,清意悲凉"。莫校:毛作"曙詩多嘆詞要妙,情意悲凉"。

宿大通和尚塔敬贈如闍黎[1]廣心長孫錡二山人[2]

支公已寂滅,塔影山上古。更有真僧來,道場救諸苦。一承微妙法,寓宿清浄土。身心能自親[3],色想[4]了無取。森森松映月,漠漠雲近户。雲外飛電明,夜來前山雨。然[5]燈見栖鴿,作禮聞信鼓。晚霽南軒開,秋華浄[6]天宇。願言長出世,謝爾及申甫。

【校記】

[1] 黎,毛本、鄭本、沈本、楊本、張本作"梨"。

［2］汲本於題目下注：一作"贈如上人兼呈常孫二山人"。張本於題目下注：一作"宿大通和尚塔敬贈如上人兼呈常孫二山人"。莫校：毛校云：一作"贈如上人兼呈常孫二山人"。

［3］親，汲本、張本作"觀"。

［4］想，汲本、毛本、鄭本、沈本、楊本、張本作"相"。莫校：想，毛作"相"。

［5］然，楊本作"燃"。

［6］净，張本作"静"。

潁陽東溪懷古

靈溪氛霧歇，皎鏡清心顔。空色不[1]映水，秋聲多在山。世人久疏曠，萬物皆自閑。白鷺寒更浴，孤雲晴未還。昔時讓王者，此地閑[2]玄關。無以躡高步，凄凉岑壑間。

【校記】

［1］不，汲本作"下"。莫校："不"，毛作"下"。

［2］閑，汲本、毛本、鄭本、沈本、楊本、張本作"閉"。莫校：閑，毛作"閉"。

途中晚發

晚霽長風裏，勞歌赴遠期。雲輕歸海疾，月滿下山遲。旅望因高盡，鄉心遇物悲。故林遥[1]不見，况[2]在落花時。

【校記】

［1］遥，毛本、鄭本、沈本、楊本作"逶"。

［2］況，毛本、鄭本、沈本、楊本、張本作“還”。

送薛據之宋州

無媒嗟失路，有道亦乘流。客處不堪别，异鄉應共愁。我生早孤賤，淪落居此州。風土至今憶，山河皆昔游。一從文章士，兩京春復秋。君去問相識，幾人成[1]白頭。

【校記】

［1］成，汲本、毛本、鄭本、沈本、楊本、張本作“今”。莫校：成，毛作“今”。

早發交崖山還太室作

東林氣微白，寒鳥急高翔。吾亦自兹去，北山歸草堂。杪冬正三五，日月遥相望。蕭蕭[1]過潁上，曨曨辨少[2]陽。川冰生積雪，野火出枯桑。獨往路難盡，窮陰人易傷。傷此無衣客，如何蒙雨[3]霜。

【校記】

［1］蕭蕭，汲本、毛本、鄭本、沈本、楊本、張本作“肅肅”。莫校：蕭蕭，毛作“肅肅”。

［2］少，張本作“夕”。

［3］雨，汲本作“雪”。莫校：雨，毛作“雪”。

登水[1]門樓見亡友張真期題望黄河作[2]因以感興[3]

吾友東南美，昔聞登此樓。人隨川上去[4]，書在壁中留。嚴子好真隱，謝公耽遠游。清風初作頌，暇日復消憂。

時與交友[5]古，迹隨山水幽。已孤蒼生望，坐見黄河流。流落年將晚，悲凉物已秋。天高不可問，淹[6]泣赴行舟。

【校記】

［1］水，汲本、鄭本作“木”。莫校：水，毛作“木”。

［2］作，汲本、張本作“詩”。莫校：作，毛作“詩”。

［3］汲本於題目下注：《國秀集》作“登河陽斗門見張貞期題黄河詩因以感寄”。張本於題目下注：此篇又見《國秀集》，中有八字不同。

［4］去，汲本作“逝”。莫校：去，毛作“逝”。

［5］交友，汲本、張本作“文字”。莫校：交友，毛作“文字”。

［6］淹，汲本、毛本、鄭本、沈本、楊本、張本作“掩”。莫校：淹，毛作“掩”。

王　灣[1]

灣詞翰早著，爲天下所稱最者，不過一二。游吴中，作《江南意》詩云：“海日生殘夜，江春入舊年。”詩人已來，少有此句。張燕公手題政事堂，每示能文，令爲楷式。又《搗衣篇》云：“月華照杵空隨一作悲妾，風響傳砧不到一作見君[2]。”所有衆製，咸類若斯。非張、蔡之未曾見也，覺顔、謝之彌遠乎！

【校記】

［1］汲本“王灣”下注：八首。張本“王灣”下注：洛陽人，先天進士，終洛陽尉。　張本無詩前品藻。

［2］汲本、毛本、鄭本、沈本、楊本此二句無小注。莫校：毛無校注。

晚春詣蘇州敬贈武員外

蘇臺憶季常，飛棹歷江鄉。持此功曹掾，幼稱華省郎。貴門生禮樂，明代秉文章。嘉郡位先進，洪[1]儒名重揚。爰從姻婭貶，豈失忠信防。萬里汗馬足，十年睽鳳翔。迴還翼[2]元聖，入拜佇惟良。別業對南浦，群書滿北堂。意深投客[3]盛，才重接筵光。陋學叨鉛簡，弱齡詞翰場。神馳勞舊國，顔展利[4]殊方。際晚[5]雜氛散，殘春衆物芳。烟和疏樹滿，雨續小溪[6]長。旅拙感成慰，通賢顧不忘。從來琴曲罷，開匣爲君張。

【校記】

［1］洪，汲本、張本作“鴻”。

［2］翼，張本作“翊”。

［3］客，汲本、張本作“轄”。莫校：客，毛作“轄”。

［4］利，汲本、張本作“别”。莫校：利，毛作“别”。

［5］晚，汲本、張本作“曉”。莫校：晚，毛作“曉”。

［6］溪，毛本、鄭本、沈本、楊本、張本作“江”。

哭補闕亡友綦毋學士

明代資多士，儒林得异材[1]。書從金殿出，人向玉墀來。詞學張平子，風儀褚[2]彦回。崇儀希上德，近侍接元台。曩契心期早，今游宴賞陪。屢還君擢桂，分尉我從梅。忽遇乘軺客，云傾搆[3]厦材。泣爲洹水化，嘆作太山頹。冀善初將慰[4]，尋言半始猜。位聯情易感，交密痛難裁。

遠日寒旌暗,長風古挽哀。寰中無舊業,行處有新苔。反哭魂猶寄,終喪子尚孩。葬田門吏給,墳木路人栽。遽泄悲成往,俄傳寵令迴。玄經貽石室,朱紱耀泉臺。地古[5]春長閉,天明夜不開。登山一臨哭,揮涕[6]滿蒿萊。

【校記】

[1] 材,張本作“才”。

[2] 楮,汲本、毛本、鄭本、沈本、楊本、張本作“褚”。

[3] 搆,汲本、毛本、鄭本、沈本、楊本、張本作“構”。

[4] 慰,毛本、鄭本、沈本、楊本作“尉”。

[5] 古,原殘闕。莫校:古。

[6] 涕,汲本、毛本、鄭本、沈本、楊本、張本作“淚”。莫校:涕,毛“淚”。

晚夏[1]馬升卿[2]池亭即事寄京都一二知己

忝職畿[3]甸淹,濫陪時俊後。才輕策疲劣,勢薄常驅走。牽役勞風塵,秉心在岩藪。宗賢開别業,形勝代希偶。竹繞清渭湄,泉流白渠口。逡巡期賞會,揮忽變星斗。逮此乘務閑,因而訪幽叟。入來殊景物,行復[4]洗紛垢。林静秋色多,潭深月光厚。盛香蓮近坼[5],新味瓜初剖。滯拙懷隱淪[6],書之寄良友。

【校記】

[1] 夏,汲本作“夜”。莫校:夏,毛作“晚”。按:汲本作“夜”,何焯朱筆改“晚”,又旁注“夏”。

[2] 馬升卿,汲本、毛本、鄭本、沈本、楊本、張本作“馬嵬卿

叔”。莫校:升卿,毛作“嵬卿叔”三字。

[3] 畿,張本作“幾”。

[4] 復,汲本、毛本、鄭本、沈本、楊本、張本作“得”。

[5] 垳,張本作“折”。

[6] 淪,毛本、鄭本、沈本作“論”。

奉使登終南山

常愛南山游,因而盡原隰。數朝至林嶺,百仞登嵬岌。石狀馬經[1]窮,苔色步緣入。物奇[2]春貌改,氣遠天香集。虚洞策杖鳴,低雲拂衣濕。倚岩見廬舍,人[3]户欣拜揖。問姓矜勤勞,示心教澄習。玉英時共飯,芝草爲余拾。境絶人不行,潭深鳥空立。一乘從此授,九轉兼是給。辭處若輕飛,憩來唯吐吸。閑[4]襟超已勝,迴路倏而及。烟色松上深,水流山下急。漸平逢車騎,向晚睨城邑。峰在野趣繁,塵飄宦情濕[5]一作緝。辛苦久爲吏,榮進何妄執。日暮懷此山,倏[6]然賦斯[7]什。

【校記】

[1] 經,汲本作“徑”。莫校:經,毛作“徑”。

[2] 奇,鄭本作“寄”。

[3] 人,汲本、楊本、張本作“入”。莫校:人,毛作“入”。

[4] 閑,汲本、楊本、張本作“開”。莫校:閑,毛作“開”。

[5] 濕,汲本、張本作“澀”。汲本、毛本、鄭本、沈本、楊本、張本無句後小注。莫校:濕,毛作“澀”,無校注。

[6] 倏,汲本、毛本、鄭本、沈本、楊本、張本作“悠”。

[7] 斯,張本作“新”。

奉[1]同[2]賀監林月清酌

華月當秋滿,朝軒假興同。净林新霽入,規院小凉通。碎影行筵裏,摇花落酒中。清宵照人[3]意,并此助文雄。

【校記】

［1］奉,鄭本作"春"。

［2］同,汲本作"和"。莫校:同,毛作"和"。

［3］照人,汲本作"凝爽",毛本、鄭本、沈本、楊本、張本作"照然"。莫校:照人,毛作"凝爽"。

江南意[1]

南國多新意,東行伺早天。潮平兩岸失[2],風正數[3]帆懸。海日生殘夜,江春入舊年。從來觀氣象,惟向此中偏。

【校記】

［1］汲本於題目下注:《國秀集》作"次北固山下",首尾二聯不同。張本於題目下注:《國秀集》題作"次北固山下",詩前後四句不同。

［2］失,張本作"闊"。

［3］數,汲本、毛本、鄭本、沈本、楊本、張本作"一"。莫校:數,毛作"一"。

觀插[1]箏[2]

虛室有秦箏,箏新月復清。弦多弄委曲,柱促語分明。曉怨擬[3]繁手,春嬌入慢聲。近來惟此樂,傳得美人情。

【校記】

[1] 插,汲本、張本作"搊"。莫校:插,毛作"搊"。

[2] 汲本於題目下注:或刻"祖詠"。

[3] 擬,汲本、毛本、鄭本、沈本、楊本、張本作"凝"。莫校:擬,毛作"凝"。

閏月七日織女

耿耿曙河微,神仙此會[1]稀。今年七月閏,應得兩迴歸。

【校記】

[1] 會,汲本、毛本、鄭本、沈本、楊本、張本作"夜"。莫校:會,毛作"夜"。

祖　詠[1]

詠詩剪刻省静,用思尤苦,氣雖不高,調頗凌俗。至如"霽日園林好,晴明烟火新",亦可稱爲才子也。

【校記】

[1] 汲本"祖詠"下注:六首。張本"祖詠"下注:洛陽人,開元

進士，駕部員外。　張本無詩前品藻。

古意二首[1]

楚王意[2]何去，獨自留巫山。偏使世人見，迢迢江水間。駐舟春潭[3]裹，誓願拜靈顔。夢寐睹神女，金沙鳴珮環。閑艷絶世姿，令人氣力微。含笑默不語，化作朝雲飛。

夫差日淫放，舉國求妃嬪。自謂得王寵，代間無美人。碧羅象天閣，坐輦乘芳春。宫女數千騎，常游江水濱。年深玉顔老，時薄花妝新。拭泪下金殿，嬌多不顧身。生前妒歌舞，死後同灰塵。冢墓令人哀，哀於銅雀臺。

【校記】

［1］汲本題目無“二首”二字。

［2］意，汲本、毛本、鄭本、沈本、楊本、張本作“竟”。莫校：意，毛作“竟”。

［3］潭，汲本作“澤”。莫校：潭，毛作“澤”。

游蘇氏别業[1]

别業本[2]幽處，到來生隱心。南山當户牖，澧[3]水映園林。竹覆經冬雪，庭昏未夕陰。寥寥人境外，閑坐聽春禽。

【校記】

［1］汲本題目下注：《國秀集》作“薊門别業”，小异。張本題目無“游”字。

［2］本，汲本、張本作“居”。

［3］澧，汲本、鄭本、楊本作“灃”。莫校：澧，毛誤“灃”。

清明宴劉[1]司勳劉郎中別業

田家復近臣，行樂不違親。霽日園林好，清明烟火新。以文常會友，唯德自成鄰。池照窗陰晚，杯香藥味春。檐前花覆地，竹外鳥窺人。何必桃源裏，深居作隱淪。

【校記】

［1］汲本、毛本、鄭本、沈本、楊本、張本題目無此“劉”字。莫校：毛無上“劉”字。

宿陳留李少府廳作

相知有叔卿，訟簡夜彌清。旅泊[1]倦愁卧，空堂[2]聞曙更。風簾摇燭影，秋雨帶蟲聲。歸思那堪説，悠悠恨洛城。

【校記】

［1］泊，張本作“宿”。

［2］堂，楊本作“當”。

終南望餘雪作

終南陰嶺秀，積雪浮雲端。林表明霽色，城中增暮寒。

盧　象[1]

象雅而不[2]素，有大體，得國士之風。曩在校[3]書，名充秘閣。其"靈越山最秀，新安江甚清"，盡東南之數郡。

【校記】

[1] 汲本"盧象"下注：七首。張本"盧象"下注：字緯卿，汶水人，主客員外。　張本無詩前品藻。

[2] 不，汲本、毛本、鄭本、沈本、楊本作"平"。若作"平"，則"素"屬下讀。莫校：不，毛作"平"。

[3] 校，汲本作"挍"。

家叔徵君東溪草堂二首[1]

開山十餘里，青壁森相倚。欲識堯時天，東溪白雲是。雷聲轉幽壑，雲氣香流水。澗影生蟲[2]蛇，岩端翳樫梓。大道終不易，君恩曷能已。鶴羡無老時，龜言攝生理。浮年笑六甲，元化潛一指。未暇掃雲梯，空慚阮家子。

今朝共游者，得性閑未歸。已到仙人家，莫驚鷗鳥飛。水深嚴子釣，松挂巢父衣。雲氣轉幽寂，溪流無是非。名理未足羡，腥臊詎所稀[3]。自惟負貞意，何歲當食薇。

【校記】

[1] 汲本題目無"二首"二字。

[2] 蟲，張本作"龍"。

[3] 稀，汲本作"希"。

送綦毋潛

夫君不得意,本自滄海來。高足未云聘[1],虚舟空復迴。淮南楓葉落,灞岸桃花開。出處暫爲間[2],沉浮安系哉。如何天覆物,還遣世遺才。欲識秦將漢,嘗聞王與裴。離筵對寒食,别雨乘春雷。會有辟書至,荷衣莫漫裁。

【校記】

[1] 聘,汲本、毛本、鄭本、沈本、楊本、張本作“騁”。莫校:聘,毛作“騁”。

[2] 間,汲本、張本作“耳”。莫校:間,毛作“耳”。

送祖詠

田家宜伏臘,歲晏子言歸。石路雪初下,荒林[1]雞共飛。東原多烟火,北澗隱寒暉[2]。滿酌野人酒,倦聞鄰女機。胡爲困[3]樵采,幾日被[4]朝衣。

【校記】

[1] 林,汲本、毛本、鄭本、沈本、楊本、張本作“村”。莫校:林,毛作“村”。

[2] 暉,毛本、鄭本、沈本、楊本作“輝”。

[3] 困,汲本、鄭本、沈本、楊本作“因”。莫校:困,毛作“因”。

[4] 被,汲本、毛本、鄭本、沈本、楊本、張本作“罷”。莫校:被,毛作“罷”。

贈程校[1]書

客自岐陽來，吐音若鳴鳳。孤飛畏不偶，獨立誰見用。忽從披[2]褐中，召入承明宫。聖人借顔色，言事無不通。殷勤極[3]黎庶，感激論諸公。將相猜賈誼，圖書歸馬融。顧今[4]久寂寞，一歲麒麟閣。且共歌太平，勿嗟名宦薄。

【校記】

[1] 校，汲本、毛本、鄭本、沈本、楊本、張本作“秘”。

[2] 披，汲本、張本作“被”。

[3] 極，汲本、毛本、鄭本、沈本、楊本、張本作“拯”。莫校：極，毛作“拯”。

[4] 今，汲本作“余”。莫校：今，毛作“余”。

贈張均員外

公門世業昌，才子冠裴王。出自平津邸，還爲吏部郎。神仙餘氣色，列宿動[1]輝光。夜直[2]南宫静，朝趨[3]北禁長。時人窺水[4]鏡，明主賜衣裳。翰苑飛鸚鵡，天池侍[5]鳳凰[6]。承歡[7]儔[8]日顧，末一作未紀後時傷。去去圖南遠，微才幸不忘[9]。

【校記】

[1] 動，汲本、毛本、鄭本、沈本、楊本、張本作“助”。

[2] 直，毛本、鄭本、沈本、楊本作“在”。

[3] 趨，毛本、鄭本、沈本、楊本作“移”。

[4] 水，毛本、鄭本、沈本作“冰”。

［5］侍，張本作“待”。

［6］凰，汲本、張本作“皇”。

［7］歡，毛本、鄭本、沈本、楊本、張本作“欣”。

［8］儔，偏旁“亻”原爲墨丁。楊本、張本作“疇”。莫校：儔。毛

［9］末，汲本、張本作“未”，無小注。汲本於此詩後注：未紀，一作“未記”。毛本、鄭本、沈本、楊本於此詩後注：未紀，一作“未記”。莫校：毛篇尾有校注云：末紀，一作“未記”。

追涼歷下古城西北隅此地有清泉喬木歷下舜林[1]

謝朓出華省，王祥貽佩刀。前賢真可慕，衰疾意空勞。貞悔不自卜，游隨共爾曹。未能齊得喪，時復誦《離騷》。閑陰[2]七賢地，醉餐三士桃。蒼苔虞舜井，喬木古城壕。漁父偏初[3]狎，堯年不可逃。蟬鳴秋雨霽，雲白曉山高。咫尺傳雙鯉，吹噓勿[4]一毛。故人皆得路，誰肯念同袍。

【校記】

［1］汲本、毛本、鄭本、沈本、楊本、張本題目無“歷下舜林”四字。莫校：毛少“歷下舜林”四字。

［2］陰，汲本、張本作“蔭”。莫校：陰，毛作“蔭”。

［3］初，汲本、毛本、鄭本、沈本、楊本、張本作“相”。

［4］勿，汲本、張本作“借”。莫校：勿，毛作“借”。

李　嶷[1]

嶷詩鮮净[2]有規矩，其《少年行》三首，詞雖不多，翩翩然佚[3]氣在目也。

【校記】

[1] 汲本"李嶷"下注：五首。張本"李嶷"下注：右武衛録事。張本無詩前品藻。

[2] 净，汲本作"潔"。莫校：净，毛作"潔"。

[3] 佚，汲本作"俠"。莫校：佚，毛作"俠"。

林園秋夜作

林卧避殘暑，白雲長在天。賞心既如醉[1]，對酒非徒然。月色偏[2]秋露，竹聲兼夜泉。凉風懷袖裏，兹意與誰傳。

【校記】

[1] 醉，汲本、張本作"此"。莫校：醉，毛作"此"。

[2] 偏，毛本、鄭本、沈本、楊本、張本作"遍"。

淮南秋夜呈同僚[1]

天净河漢高，夜閑砧杵發。清秋忽如此，離恨應難歇。風亂池上螢[2]一作萍，露光竹間月。與君共游處，勿作他鄉别。

【校記】

［1］同僚，汲本作“周佀”。莫校：同僚，毛作“周佀”。

［2］螢，汲本、毛本、鄭本、沈本、楊本、張本作“萍”，無小注。莫校：螢，毛作“萍”，無校。

少年行三首[1]

十八羽林郎，戎衣侍漢王。臂鷹金殿側，挾彈玉輿傍。馳道春風起，陪游出建章。

侍獵長楊[2]下，承恩更射飛。塵生馬影滅，箭落雁行稀。薄霧[3]隨天仗，聯翩入瑣闈[4]。

玉劍膝邊横[5]，金杯馬上傾。朝游茂陵道，夜宿鳳凰[6]城。豪吏多猜忌，毋勞問姓名。

【校記】

［1］汲本題目無“三首”三字。

［2］楊，鄭本作“揚”。

［3］霧，汲本、張本作“莫”。

［4］闈，汲本、毛本、沈本、楊本、張本作“闌”，鄭本作“闥”。

［5］汲本於第三首詩前有小注：《國秀集》作“游俠”，小异。

［6］凰，汲本作“皇”。

閻　防[1]

防爲人好古[2]博雅，其警策語多真素。至如“荒庭何所有，老樹半空腹”，又“熊梐庭中樹，龍蒸棟裏雲”，皎然可信也。

【校記】

[1] 汲本“閻防”下注：五首。張本“閻防”下注：開元、天寶有文稱，與薛據讀書終南山。　張本無詩前品藻。

[2] 古，毛本、鄭本、沈本、楊本作“名”。

晚秋石門禮拜

輕策淩絶壁，招提謁金仙。舟車無游徑，崖嶠乃屬天。躑躅淹昃景，夷猶望新弦。石門變暝色，谷口生人烟。陽雁叫平楚，秋風急寒川。馳暉苦代謝，浮脆暫貞堅。永欲卧丘壑，息心依梵筵。誓將歷劫願，無以物外[1]牽。

【校記】

[1] 物外，汲本、張本作“外物”。莫校：物外，毛作“外物”。

宿岸道人精舍

早歲參道風，放情已寥廓。重經因息[1]侶，遂果岩中[2]諾。斂迹辭人間，杜門守寂寞。秋風剪蘭蕙，霜氣冷淙壑。山牖[3]見然燈，竹房[4]聞[5]搗藥。願言捨塵事，所趣非龍蠖。

【校記】

［1］經因息，汲本作“因息心”。莫校：經因息，毛作“因息心”。

［2］中，張本作“下”。

［3］牖，汲本、毛本、沈本、楊本作“牖”。莫校：牖，毛作“牖”。

［4］房，張本作“白”。

［5］莫校：聞，毛作“間”。按：汲本即作“聞”，莫校誤。

夕次鹿門山作

龐公嘉遁所，浪迹難追攀。浮舟暝始至，抱杖聊自閑。雙闕開鹿門，百谷集珠灣。噴薄湍上水，春容漂裏山。進[1]原不足險，梁壑未成艱。我行自中春，仲夏鳥綿蠻[2]。蕙草色已晚，客心殊未還。遠游非避地，訪道愛童顔。安能絢[3]機巧，争奪錐刀間。

【校記】

［1］進，汲本、張本作“焦”。莫校：進，毛作“焦”。

［2］此二句汲本、楊本、張本作“我行自春仲，夏鳥忽綿蠻”。莫校：“中春”五字，毛作“春仲，夏鳥忽”。

［3］絢，汲本、張本作“狥”。莫校：絢，毛作“狥”。

百丈溪新理茆[1]茨讀書

浪迹棄人世，還山自幽獨。始傍巢由踪，吾其獲心曲。荒庭何所有，老樹半空腹。秋蜩鳴北林，暮鳥穿我屋。栖遲樂遵渚，恬曠寡所欲。開封[2]推盈虚，散帙改[3]節目。養閑度人事，達命知止足。不學東國儒，俟時勞伐[4]輻。

【校記】

［1］茆,汲本、毛本、鄭本、沈本、楊本、張本作“茅”。莫校:茆,毛作“茅”。

［2］封,汲本、毛本、鄭本、沈本、楊本、張本作“卦”。莫校:封,毛作“卦”。

［3］改,汲本、張本作“攻”。莫校:改,毛作“攻”。

［4］伐,毛本、鄭本、沈本、張本作“代”。

與永樂諸公泛黄河作

烟深載酒入,但覺暮川虚。映水見山火,鳴榔聞夜漁。愛兹山水趣,忽與人世疏。無暇燃官燭,中流有望舒[1]。

【校記】

［1］“流有望舒”四字原殘闕。莫校:流有望舒。毛

附録一：汲古閣刻本《河岳英靈集》何焯批語[1]

序前批：《唐英集》謂之"殷文學"，璠蓋終於布衣者，序中所謂"爰因退迹，得遂宿心"也。

總批：此集所取，不越齊梁詩格，但稍汰其靡麗者耳。唐天寶以前詩人能窺建安門徑者，惟陳拾遺、杜拾遺、李供奉、元容州諸人。集中獨取供奉，又持擇未當。他如常建、王維，則古詩僅能法謝玄暉，近體僅能法何仲言，殆不足以傳建安氣骨也。　丁卯

此書多取警秀之句，緣情言志，理或未盡。　紫筆

卷　上

常　建

《吊王將軍墓》：

眉批："王將軍"似指王叔君奠，時瓜州失守戰殁。"遼水"是詩家借用字，作常言，乃將軍平日自負其勇，始唱得末二句，傷悼意起。

---

① 按：何焯批點《河岳英靈集》，有總批、眉批、題下批、句批、篇末批等形式，批點非一次完成，故用干支紀年標明，"丁卯"係康熙二十六年（1687），"戊辰"係康熙二十七年（1688），"紫筆"意指用紫色之筆批點，以與其他顏色之筆區別。

題下批:此詩極爲雅健,然只似虞羲《出塞》,到不得鮑明遠也。丁卯

篇末批:此是效吴叔庠體而反用之。"强千里",言千里有餘也。算法有强弱,宋刻詩集正作"强","彊"字乃不學者妄改。《才調集》作"幾千里"。"山鬼鄰",所謂"身死爲國殤"也。

《昭君墓》:

"漢宫"旁批:超脱。

眉批:起便從墓發端,與《明妃曲》不同,但後六句淺薄。

篇末批:"丹青"景化執政者之事也。由來皆借明妃以發舒憤懣耳。不用黄金,致此屯播,第三險僻。

《宿王昌齡隱處》:

篇末批:"滋苔文",言人迹不至也。

《送李十一尉臨溪》:

"以言神仙尉,因致瑶華音"二句旁批:此六朝遺調之最尫劣者。

《閑齋卧疾行葯至山館稍次湖亭二首》:

眉批:犀月表叔謂本是一篇,刻者誤分爲二,然合之則"同胞四五人"一聯,文氣終覺隔礙,不若仍作二篇爲是。古人作詩章法,大抵數篇自爲首尾,非必一篇即將題目説盡也。宋本《常建詩集》亦作二篇。

《題破山寺後禪院》:

眉批:作"遇幽處"亦佳。

篇末批:此篇何減沈、謝!

李　白

“奇之又奇,然自騷人以還”旁批:氣骨固爾奇古,然體調不似騷人。

《戰城南》:

題下批:太白歌行,梁陳以來所未有也,殷氏獨以此稱之,最有見。

篇末批:才豪味短,太白詩自有深厚者,以貌取則狹矣。　紫筆

《野田黄雀行》:

篇末批:亦稍依仿明遠《空城雀》。　紫筆

《咏懷》:

題下批:獨摘此篇,吾所未喻。

《酬東都小吏以斗酒雙鱗見贈》:

“情素”句批:“情素”下有十字云“酒來我飲之,鱠作别離處”,最見筆妙,删去則通篇索然,後半亦殊嫌繁濫矣。

《將進酒》:

題下批:是供奉率爾游戲之作,不爲豪也。

“岑夫子”句眉批:其流爲杜默。

《烏栖曲》:

題下批:亦是梁陳風調。

篇末批:紂爲長夜之飲,而喪其甲子。

王　維

總批：永明以後，清詞麗句，摩詰殆集其成，若陶、謝風力，則尚限以數仞之墻。此事要須讓子美獨步也。

《偶然作》：

“心中竊自思”旁批：此亦太率。

《贈劉藍田》：

篇末批：無負於官，無求於世，則其人豈復可致也。

《淇上别趙仙舟》：

“天寒遠山净”旁批：含“望”字。

《春閨》：

題下批：似陰鏗。

眉批：此篇集中不載。

《寄崔鄭二山人》：

題下批：本集“崔”皆作“霍”，題中無“寄”字，此乃《濟上四賢咏》之一。

《息夫人怨》：

題下批：當從《本事詩》書題云《寧王坐中賦》。

眉批：若直咏古事，何味之有。

《漁山神女瓊智祠二首》：

眉批：六朝辭賦雖多，俱以四六體爲之，其去楚人之辭遠矣。右丞此作，固不足希風屈、宋，然非晋以後人所能也。

“來不語兮”旁批：二語風致佳絶。

《隴頭吟》：

眉批：曰少年，曰行人，曰老將，何其錯雜也。

篇末批：落句却借他人致憤，婉而不迫。

《初出濟州别城中故人》：

題下批：唐有齊州無濟州也。

"明君無此心"旁批：集作"無"，然不逮"照"字遠矣。

《送綦毋潛落第還鄉》：

題下批：怎地委婉曲折。

劉昚虚

總批：宗仰二謝，氣骨亦復清峻。

《送韓平兼寄郭微》：

"即爲臨水處"旁批：獨割"臨水"二字，是歇後體。

《暮秋楊子江寄孟浩然》：

篇末批：玄暉、仲言不復能過。　紫筆

《寄江滔求孟六遺文》：

題下批：温然。

《潯陽陶氏别業》：

題下批：第四不可曉。　紫筆

篇末批：第四謂陶令子孫亦不以榮進爲務，非白衣送酒故事。非也，此句伏明宰，正用白衣送酒故事。"來幾年"，見其非徒然也。

《江南曲》：

眉批："陽"疑"揚"。"氣"旁批：色。

張　謂

《讀後漢逸人傳二首》:

眉批:亢爽。遯世無悶,方透出無心名位。　紫筆

第二首題下批:此篇尤近自然。

眉批:"鸛鵲"二句乃本詞,老杜則又稍變。　紫筆

《同孫搆免官後登薊樓懷歸作》:

眉批:疑正言嘗在王忠嗣幕下。

篇末批:結語健。

《贈喬林》:

眉批:語健而意淺。

《湖中對酒作》:

眉批:《周禮·酒正》注:漢法,酒有常滿尊。　紫筆

王季友

總批:季友力追古人,而氣骨不副。

《代賀枝令譽贈沈千運》:

題下批:似欲力變沈、宋舊體。"名亦存"句旁批:"存"字伏後。"舊客"句眉批:"舊客",客作之人也。

《觀于舍人壁畫山水》:

眉批:讀老杜"堂上不合生楓樹""十日畫一水"二篇,覺此等都不復可觀。

倒作前半,頓覺突兀。　紫筆

陶　翰

“既多興象，復備風骨”旁批：實不愧此二句語。

《望太華贈盧司倉》：

“葱朧”旁批：望中又細寫。

《晚出伊闕寄河南裴中丞》：

“宴”旁批：偃。

《經殺子谷》：

篇末批：明皇一日殺三子，此詩有爲而作。

《乘潮至漁浦作》：

題下批：何減謝玄暉。

“慼懂”旁批：風停。

“栩栩”眉批：《莊子釋文》：“栩栩”，喜貌。

《出蕭關懷古》：

“愴然苦寒奏”旁批：唐初風調。

李　頎

總批：李頎歌行最爲粗惡，當云發調既浮，修詞復拙，乃善别裁耳。

《送暨道士還玉清觀》：

“此道”旁批：“此道”一刻“遂此”。

《漁父歌》：

眉批：非高格，然饒佳致。

《聽董大彈胡笳聲兼語弄寄房給事》：

題下批："董大"，疑庭蘭也。　紫筆

"斷絶胡兒戀母聲"旁批：一句歸到本事。

"望君"旁批：寄房。

《緩歌行》：

"擊鐘鼎食坐華堂"眉批：亦復何异犯狹，蓋流俗胸次如此。

高　適

《哭單父梁九少府》：

篇末批：如話，正妙於胸臆語也。　紫筆

《見薛大臂鷹作》：

題下批：又見《李白集》。

《封丘作》：

題下批：流美。

眉批：酷以濟貪，借兒女口中刺譏當世。生斯世也，欲少報君恩，孰能容之。然爲梅福之孤遠上書，不如學陶潛之不堪折腰有托而逃也。

"乍可狂"旁批：轉憶陶。

"寧堪作"旁批：徒爲梅。

《燕歌行并序》：

題下批：此詩沈、宋之所不逮。

眉批：梁陳體調，却自具風骨。

卷　中

岑　參

總批：嘉州五言宗仰鮑照，不屑爲齊梁衰颯之語，若時無李杜，則碧海鯨魚，當歸巨手。集中采掇未盡其長也。

《戲題關門》：

題下批：頗古直而無味，殷君布衣者，是故喜録之。

《莪葵花歌》：

篇末批："昨日花已老"下即接"人生不得長少年"始健，不特與《韋家花樹歌》相類也。

卷　下

崔　顥

"一窺塞垣"旁批：從杜希望於隴右。

《贈王威古》：

題下批：此等詩頗得鮑照一鱗半甲。

《送單于裴都護》：

"單于莫近塞"旁批：第三句"莫"字虛用。

眉批：第二用月圓入犯，兼寫一月三捷。

《江南曲》：

眉批："可"字佳，正與"定"字相應。

篇末批：崔公深得清商諸曲妙處，勝崔國輔。　紫筆

《贈懷一上人》：

題下批：俗筆。

眉批：殷氏當以長篇難於叙致，故録此篇詩，然太白長篇不乏佳者。舍健犢而策敝驢，何也？

"帝曰我上人"旁批：不稱。

《結定襄獄效陶體》：

眉批：不似陶而命意得建安體骨矣。塞垣效吴庠叔體者，味反短也。　紫筆

無追呼則農桑遍野矣。結字意方到。結四語垂戒方來，慎勿再擾之也。　紫筆

《霍將軍篇》：

篇末批：凡陋無味，采詩者宜乎迄不一第也。

《黄鶴樓》：

題下批：前半空闊。　紫筆

薛　據

總眉批：薛詩語多慷慨，而根據淺薄。

《初去郡齋書懷》：

眉批：安得此長者之言。　紫筆

《落第後口號》：

篇末批：俚淺。

《題丹陽陶司馬廳》：

篇末批：落句當即謂璠。

《登秦望山》：

眉批：謝詩"請附任公言"，自謂太公任，非截去"子"字也。

篇末批：截去"子"字不穩。

孟浩然

總批：孟詩格調不高，造語尤爲淺率，老杜謬許爲句句堪傳，而耳鑒者遂并稱王、孟，爲可笑也，然亦有佳者，此集却未采掇。

"全削凡體"旁批：凡語正多。

《過景空寺故融公蘭若》：

題下批：此詩最爲凡近。 戊辰

篇末批：感愴存殁，乃出僧情，若出世間法，不知有死生去來。後半是作哭方外人詩體。 紫筆

《裴司士見尋》：

眉批：漸近自然。 紫筆

"誰道山翁醉"旁批：不切。

篇末批：落句緣是府僚，故借用襄陽故事。 紫筆

《九日懷襄陽》：

"宜城多美酒"旁批：不似自家語。

《夜歸鹿門歌》：

"忽到"句旁批：辨。

"岩扉"句旁批：樵徑非遥。

崔國輔

《雜詩》：

題下批：妙在發端。

眉批：定遠謂“恰用”二字酸氣。

眉批：游俠任氣，趨死不顧，此作悔艾之詞，極得六義。　紫筆

《魏宫詞》：

題下批：最深于齊梁。

篇末批：愈後愈微，“畫眉尤未了”，所謂正伏魄時遇也，曹丕稱帝。　紫筆

《怨詞》：

篇末批：一篇陳餘《遺章邯書》。

《少年行》：

篇末批：妙在更不説破正面一字。　紫筆

《長信草》：

篇末批：草比趙、李。　紫筆

《對酒吟》：

題下批：無意味。

“一鳥吟”旁批：吟鳥勸提壺。

《漂母岸》：

題下批：亦無味。

眉批：他本作“後爲楚王來”者爲善。

儲光羲

“《荆楊集》”眉批：豈即《丹陽集》耶？

《雜詩二章》：

題下批：儲詩骨氣殆過右丞，若吐屬清遠，使難狀之景如在目前，恐爲不逮也。

眉批：“清曉卷書坐，南山見高棱”，此翁已導其清源。　紫筆

篇末批：佳處不減太白。

《效古二章》：

第一首眉批：反結憂時。

《猛虎詞》：

題下批：遒麗似鮑。

篇末批：神武不殺，則騶虞之仁也，故作翻案。

《使過彈筝峽作》：

“雙壁”旁批：貼出“峽”字。

王昌齡

總批：當時儲、王并稱者，乃此二賢，非右丞也。

《咏史》：

題下批：集本全是咏王景略事，此則别有寄托，但條理殊不可尋耳。

（小字詩）“有時貧賤”旁批：遠不逮殷本。

《觀江淮名山圖》：

題下批：頗近太白。

（小字詩）旁批：亦不如殷本。

《香積寺禮拜萬迴平等二聖僧塔》：

“肅肅松柏”旁批：足上意。

《緱氏尉沈興宋置酒南溪留贈》：

首句旁批：南溪。

“山樽”旁批：置酒。

《東京府縣諸公與綦毋潛李頎相送至白馬寺宿》：

“林木登高樓”眉批：樓高若出林外也。

賀蘭進明

“大體符于阮公”旁批：未也。

《行路難五首》：

題下批：法明遠而不屆精微。　紫筆

“君不見山上苗”旁批：爲此體豈得采摭陳因。　紫筆

崔　署

《潁陽東溪懷古》：

眉批：心骨俱清。　紫筆

王　灣

《晚春詣蘇州敬贈武員外》：

“際晚雜氛散”旁批：妙在先著此句。

“殘春衆物芳”眉批：殘春名句。

《晚夏馬升卿池亭即事寄京都一二知己》：

“竹繞清渭湄，泉流白渠口”眉批：目渭濱之川，決白渠之流，乃有“林静”“潭深”十字。

《江南意》：

篇末批：五、六開元治象也，進乎雅矣。　紫筆

祖　詠

《清明宴劉司勳劉郎中别業》：

“霽日”旁批：妙在自然。

“霽日”“清明”二句眉批：十字一氣流出，恰好“宴”字。

盧　象

《家叔徵君東溪草堂二首》：

“澗影”句旁批：倒裝句。

“君恩”句旁批：起末句。

（第二首）“溪流”句眉批：此陳言非清言也。

《送綦毋潛》：

題下批：空闊磊砢。

眉批：磊落。　紫筆

《追凉歷下古城西北隅此地有清泉喬木歷下舜林》：

“蟬鳴”二句眉批：二語妙在一氣。

閻　防

《百丈溪新理茆茨讀書》:

“何所有”眉批:“何所有”,《芥隱筆記》作“何許”。

“開封”句旁批:雅音。

《與永樂諸公泛黄河作》:

篇末批:不似泛黄河。　丁卯冬日閱

集末跋:丁丑仲夏承筐書塾閱。鄭都官於殷、高二子深致抑揚,然未足爲商周也。　焯

附録二:《河岳英靈集》相關資料

殷璠裁鑒《英靈集》,頗覺同才得旨一作契。深。何事後來高仲武,品題《間氣》未公心。

唐·鄭谷《讀前集二首》其一
《全唐詩》卷六七五
中華書局 1960 年版

雲陽縣郭半郊坰,風雨一作色。蕭條萬古情。山帶梁朝陵路斷,水連劉尹宅基平。桂枝自折思前代,李考功於此知貢舉。藻鑑難逢耻後生。殷文學於此集《英靈》。遺事滿懷兼滿目,不堪孤棹艤荒城。

唐·吴融《過丹陽》
《全唐詩》卷六八四
中華書局 1960 年版

國朝以來,人多反古,德澤廣被,詩之作者繼出,則有杜、李挺生於時,群才莫得而并。其亞則昌齡、伯玉、雲卿、千運、應物、益、適、建、況、鵠、當、光羲、郊、愈、籍、合十數子,挺然頹波間,得蘇、李、劉、謝之風骨,多爲清德之所諷覽,乃能抑退浮僞流艷之辭宜矣。爰有律體,祖尚清巧,以切語對爲工,以絶聲病爲能,則有沈、宋、燕公、九齡、嚴、劉、錢、孟、司空曙、李端、二皇甫之流,實繁其數,皆妙於新韵,播名當時。亦可謂守章句之範,不失其正者矣。然物無全工,而欲篇咏盈千,盡爲絶唱,其可得乎? 雖前賢纂録不少，殊途同歸，《英靈》《間氣》《正聲》《南薰》之類，朗照之下，罕有孑遺，而取捨之時，能無少誤？未有游諸門而英菁畢萃，成篇卷而玷纇全無。詩家之流，語多及此。豈識者寡、擇者多？實以體詞不一，憎愛有殊。苟非通而鑒之，焉可盡其善者？

唐·顧陶《唐詩類選序》（節録）

《全唐文》卷七六五

中華書局 1983 年版

風雅之道，孔聖之删備矣；美刺之説，卜商之序明矣。降自屈宋，逮乎齊梁，窮詩源流，權衡辭義，曲盡商搉，則成格言，其惟劉氏之《文心》乎！後之品評，不復過此。有唐御宇，詩律尤精，列姓字，掇英秀，不啻十數家。惟丹陽殷璠，優劣升黜，咸當其分。世之深於詩者，謂其不誣。顧我何人，敢議臧否？苟成美有闕，得非交游之罪邪！

五代·孫光憲《白蓮集序》（節録）

《全唐文》卷九〇〇

中華書局 1983 年版

今世傳唐代之類集者，詩則有《唐詩類選》《英靈》《間氣》《極玄》《又玄》等集，賦則有《甲賦》《賦選》《桂香》等集，率多聲律，鮮及古道，蓋資新進後生，干名求試者之急用爾，豈唐賢之文迹兩漢、肩三代而反無類次，以嗣于《文選》乎？

宋·姚鉉《唐文粹序》（節録）

曾棗莊、劉琳主編《全宋文》第 13 册，卷二六八

上海辭書出版社、安徽教育出版社 2006 年版

昔荆公嘗選唐人三百家爲一集，名曰《詩選》；姚鉉作《唐文粹

序》,亦謂有《唐詩類選》《英靈》《間氣》《極玄》《又玄》等集,皆有去取於其間,非集録之大全也。

宋・趙孟奎《分門纂類唐歌詩序》(節録)

《宛委別藏》本《分門纂類唐歌詩》卷首

王荆公《百家詩選》,蓋本於唐人《英靈》《間氣集》,其初明皇、德宗、薛稷、劉希夷、韋述之詩,無少增損,次序亦同;孟浩然止增其數;儲光羲後,方是荆公自去取。前卷讀之盡佳,非其選擇之精,蓋盛唐人詩無不可觀者。至於大曆以後,其去取深不滿人意。况唐人如沈、宋、王、楊、盧、駱、陳拾遺、張燕公、張曲江、賈至、王維、獨孤及、韋應物、孫逖、祖詠、劉眘虚、綦毋潜、劉長卿、李長吉諸公,皆大名家,——李、杜、韓、柳以家有其集,故不載,——而此集無之。荆公當時所選,當據宋次道之所有耳。其序乃言:"觀唐詩者觀此足矣。"豈不誣哉! 今人但以荆公所選,斂衽而莫敢議,可嘆也。

宋・嚴羽《滄浪詩話・考證》

何文焕輯《歷代詩話》

中華書局 1981 年版

余惟唐李白、杜甫以降,作者非一人,擷秀於《中興間氣》《河岳英靈》,會《搜玉》《國秀》諸集,識者猶病其乏風雅之遺,徒以蒿天下之目,繁天下之耳,矧其下者哉!

元・貝瓊《灌園集序》(節録)

李修生主編《全元文》第 44 册,卷一三七四

鳳凰出版社 2004 年版

余自幼喜讀唐詩,每慨嘆不得諸君子之全詩。及觀諸家選本,載盛唐詩者,獨《河岳英靈集》。然詳於五言,略於七言,至於律絶,僅存一二。《極玄》姚合所選,止五言律百篇,除王維、祖詠,亦皆中唐人詩。至如《中興間氣》《又玄》《才調》等集,雖皆唐人所選,然亦多主於晚唐矣。王介甫百家選唐,除高、岑、王、孟數家之外,亦皆晚唐人。《鼓吹》以世次爲編,於名家頗無遺漏,其所録之詩,則又駁雜簡略。他如洪容齋、曾蒼山、趙紫芝、周伯弜、陳德新諸選,非惟所擇不精,大抵多略於盛唐而詳於晚唐也。

元·楊士弘《唐音序》(節録)
明張震輯注本

余夙耽於詩,恒欲窺唐人之藩籬。首踵其域,如墮終南萬叠間,茫然弗知其所往。然後左攀右涉,晨躋夕覽,下上陟頓,進退周旋,歷十數年。厥中僻蹊通莊,高門邃室,歷歷可指數。故不自揆,竊願偶心前哲,采摭群英,芟夷繁猥,裒成一集,以爲學唐詩者之門徑。載觀諸家選本,詳略不侔。《英華》以類見拘,《樂府》爲題所界,是皆略於盛唐而詳於晚唐。他如《朝英》《國秀》《篋中》《丹陽》《英靈》《間氣》《極玄》《又玄》《詩府》《詩統》《三體》《衆妙》等集,立意造論,各該一端。

明·高棅《唐詩品彙總叙》(節録)
明汪宗尼校訂本

余於是編,正宗既定,名家載列,根本立矣。奈何羽翼未成,爰自采摭。及觀諸家選本載盛唐詩者,唯殷璠《河岳英靈集》獨多古調。璠嘗論曰:“夫文有神來、氣來、情來,有雅體、野體、鄙體、俗體,編紀者能審鑒諸體,委詳所來,方可定其優劣,論其取捨。”又曰:"璠今所集,頗异諸家,既閑新聲,復曉古體,文質半取,風騷兩挾。"斯言得之矣! 若夫太白、浩然、儲、王、常、李、高、岑數公,已褐於前,他如崔顥、薛據、張謂、王季友諸人,皆李、杜當時所稱許,相與發明斯道,賡歌鼓舞,以鳴乎盛世之音者矣。

明・高棅《唐詩品彙・五言古詩叙目・羽翼》(節録)

明汪宗尼校訂本

天地元氣之精英鍾乎人,發而爲詩,至唐贏六百家。作者固難,選者尤難耳。唐歷三百餘年,有始終淳漓之异,故聲文亦隨之而降。有能裒群作,辯衆體,得於大全而無憾者,斯戛戛其難矣。嘗觀《英靈》《間氣》《極玄》《三體》等集,非無足觀法,然得於此,而或遺於彼。繼是而選者落落也。

明・馬得華《唐詩品彙序》(節録)

明汪宗尼校訂本

選唐詩者非一家,惟殷璠之《河岳英靈》、姚合之《極玄集》有以知唐人之三尺。然璠、合固唐人也,而選又專主于五言,以遺乎衆體,寂寥扶疏,不足以盡其妙奥。下此諸家所選,皆私于一己之見,見之陋,則選之得其陋者。

明・王偁《唐詩品彙序》(節録)

明汪宗尼校訂本

殷璠《河岳英靈集》所選二十四人,共詩二百三十四首,止於天寶十一載,皆盛唐詩也。按唐人五言古自有唐體,故盛唐自李、杜、岑參而外,五言古多不可選。王昌齡體雖近古,而未盡善;儲光羲格雖出奇,而不合古;其他體製未純,聲韵多雜,未若李、杜、岑參滔滔自運，體既盡純，聲皆合古耳。今璠所選，五言古十居八九，中惟太白一首，岑參二首，而子美不選。其序曰："王維、王昌齡、儲光羲等，皆河岳英靈也，此集便以河岳英靈爲號。"是其所尊尚者，實在昌齡、光羲也。蓋亦羊棗之嗜耳。

明·許學夷《詩源辯體》卷三六
杜維沫校點
人民文學出版社 1988 年版

唐人選詩與今人論詩，相背而相失之。蓋詩靡於六朝，唐人振之。李、杜古詩、歌行，爲百代之傑，盛唐五、七言律、絶，爲萬世之宗。今《搜玉》《英靈》所采，皆六朝之餘，而《篋中》又遺近體，此唐人選詩之失也。詩至於唐，衆體既具，流變已極，學者無容更變。今欲自開堂奧，自立門户，爲索隱吊詭之趨，此今人論詩之失也。於此而知所反之，斯有適從矣。

明·許學夷《詩源辯體》卷三六
杜維沫校點
人民文學出版社 1988 年版

姚合《極玄》所選二十一人，共詩一百首，中計五言古仄韵二首、五言排律三首、五言絶八首、七言絶三首，餘皆五言律也。其去取之意，漫不可曉。盛唐止王維三首、祖詠五首，其他皆大曆以後詩耳。且排律三首而有李端"朱户敞高扉"，七言絶三首而有朱放"知君住處足風烟"，則尤不可曉云。《自題》云："此詩家射雕手也。合於衆集中更選其極玄者，庶免後來之非。"其自信乃爾。然以較《搜玉》《國秀》《英靈》《間氣》《御覽》《才調》等集，風調猶有可觀者。蓋挺章、殷璠、仲武、令狐楚、韋縠本非詩人，合雖淺僻，實亦詩人之列也。

明・許學夷《詩源辯體》卷三六
杜維沫校點
人民文學出版社 1988 年版

《搜玉》《國秀》《英靈》《篋中》與《間氣》《御覽》《極玄》《才調》,復相背而失之。《搜玉》《國秀》《英靈》《篋中》當極盛之時,而選者不知尚;《間氣》《御覽》《極玄》《才調》當既衰之後,而選者不知返。使當時一二大家名士爲之,當必有可傳者。

明・許學夷《詩源辯體》卷三六
杜維沫校點
人民文學出版社 1988 年版

康文瑞《雅音會編》,取《英靈》《三體》《鼓吹》《唐音》《正聲》等選及李、杜、韓全集,摘其五、七言律、絶,依韵編次,僅可爲初學之資,未可供諸大方也。然諸家全集既不及收,而唐宋諸選又不及録,且以《鼓吹》所選混入,不免甚誤初學耳。

明・許學夷《詩源辯體》卷三六
杜維沫校點
人民文學出版社 1988 年版

唐人選唐詩,其合前代選者,有《續古今詩苑英華集》《麗則集》《詩人秀句》《古今詩人秀句》《玉臺後集》。選初唐有《正聲集》《奇章集》《搜玉集》。合選初、盛唐有《國秀集》。選盛唐有《河岳英靈集》《篋中集》《起予集》。選中唐有《南薰集》《御覽詩》《中興間氣集》《極玄集》。合選則《唐詩類選》《又玄集》《文章龜鑑》。五代人選唐詩有《國風總類》《擬玄集》《詩纂》《續正聲集》《續又玄集》《烟花集》《名賢才調集》《備遺綴英》,外有李戡《詩選》、檀溪子《聯璧詩集》、無名氏《正風集》《垂風集》《名賢絶句詩》。

右唐人自選一代詩,其鑒裁亦往往不同。殷璠酷以聲病爲拘,獨取風骨。高渤海歷詆《英華》《玉臺》《珠英》三選,并呰璠《丹陽》之狹于收,似又耑主韵調。姚監因之,頗與高合,大指并較殷爲殊。詳諸家每出新撰,未有不矯前撰爲之説者,然亦非其好爲异若此。詩自蕭氏選後,艷藻日富,律體因開,非耑重風骨裁甄,將何净滌餘疵,肇成一代雅體? 逮乎肄習既壹,多迺徵賤,自復華碩謝旺,閑婉代興,不得不移風骨之賞于情致,衡韵調爲去取,此《間氣》與《極玄》視《英靈》所載,各一選法,雖體氣劬兩,大難相追,亦時運爲之,非高、姚兩氏過也。觀當日詭异寖盛,晚調將作,二集都未有收,于通變之中,先型仍復不失,則猶斤斤禀殷氏律令,其相矯實用相救爾。鄭谷嘗有詩云:"殷璠裁鑒《英靈》集,頗覺同才得契深。何事後來高仲武,品題《間氣》未公心?"似非深知仲武者。然正見唐人于詩選重此兩編,故獨舉爲評搉。凡撰述愜人意,必久傳。他選亡佚有間,此數選獨行世,可推已。業吟者將求端唐選定趨,盍尚論于斯!

明·胡震亨《唐音癸籤》卷三一
上海古籍出版社 1981 年版

高氏《正聲》一部,其評批朱者,在不佞未冠之前,墨而楷者,亦曩時鄙臆也。今以較之,去取往往异同,惟大旨差不悖,一人之見且爾,況上下數千載乎? 憶近某公選集唐詩自序云:"《品彙》之博而尚有遺篇,《正聲》之嚴而兼收劣製。"殊有味乎其言! 即今《正聲》所收,劣者大都十之一,而所遺佳製,無慮十之三。《品彙》所收,劣者大都十之四,而所遺佳製無慮十之二。所繇然者,唐宋選詩,《國秀》《英靈》《極玄》《間氣》皆漫無倫次,《鼓吹》等集尤爲可嗤。周氏主裁,方氏主格,率泥一偏,僅《唐音》粗備一代,而簡擇未精,搜輯未廣。至庭禮二編,庶幾十得八九矣,而時際國初,元風未滌,兵燹之後,載籍多湮,耳目所羈,故難盡善也。

明・胡應麟《少室山房類稿・與顧叔時
論宋元二代詩十六通》之六(節録)
《續金華叢書》本《少室山房類稿》

唐至宋、元,選詩殆數十家,《英靈》《國秀》《間氣》《極玄》,但輯一時之詩;荆公《百家》,缺略初、盛;章泉《唐絶》,僅取晚、中;至周弼《三體》,牽合支離;好問《鼓吹》,薰蕕錯雜:數百年來未有得要領者。

明・胡應麟《詩藪》外編卷四(節録)
上海古籍出版社 1958 年版

予少喜論詩,於唐詩諸家之選,所閲多矣,未有當予心者。以唐人而選唐詩,則有若《搜玉》《篋中》《極玄》《國秀》《河岳英靈》《中興間氣》諸集。然或限於時而未備,或拘於體而未周,又或濫及猥小反遺哲匠,取其數語不計全篇。以後人而選唐詩,則有若《唐音》《鼓吹》《三體》《類抄》《品彙》《正聲》《全唐詩選》諸集。然以《品彙》之廣,而尚遺佳品;以《正聲》之嚴,而兼收劣製。則作詩固難,論詩尤難矣。

明・李栻《唐詩會選序》(節録)
明萬曆刻本《唐詩會選》卷首

《河岳》《中興》二集,一選開元迄天寶名家,一選至德迄大曆名家，相繼品騭，真盛唐一大觀也。且每人各列小叙，拈出警語，但雄奇逸艷不倫耳，或病其詮次龐雜，或病其議論凡鄙，未敢據爲定評云。

明・毛晋《汲古閣書跋・河岳英靈集》
《汲古閣書跋　重輯漁洋書跋》
上海古籍出版社 2005 年版

有唐三百餘年，才人傑士馳騁于聲律之學，體裁風格與時盛衰，其間正變雜出，莫不有法。後之選者，各從其性之所近，膠執己見，分别去取，以爲詩必如是而後工。規初盛者薄中晚爲佻弱，效中晚者笑初盛爲膚庸，各抒一説而不相下，選者愈多而詩法愈晦。今所傳《才調》《國秀》《河岳英靈》《中興間氣》諸集，皆唐人選其本朝之詩，未失繩尺。厥後汶陽周伯弜取唐人律詩及七言斷句若干首，類集成編，名《唐三體詩》；自標選例，有虚接、實接諸格。其持論未必盡合于作者之意，然别裁規制，究切聲病，辨輕重于毫厘，較清濁于呼噏，法不可謂不備矣。

明・高士奇《唐三體詩序》（節録）
清康熙刻本《唐三體詩》卷首

唐人選唐詩，至今存者猶十數種。求其宜風宜雅，可歌可誦，衆長畢具者蓋鮮。如《御覽詩》，則令狐學士取妍艷短章以進御而不及長篇。元次山《篋中集》，則意立顯微闡幽，所存者僅七人，類多歡寡愁殷之語，因其性之所近，用以自喻，不諧於時。芮侯撮初唐九十人之詩，謂成一家之言，名曰《國秀集》，所録未盡其人之佳構，挂漏殊多，且篇秩不全，非復芮侯原本。至若專取其人風標挺特，超軼群倫，第因人而録詩，則《河岳英靈集》是也。凡此皆存偏見，有謂而爲，未睹昌明博大之觀，有非温柔敦厚之旨。惟韋御史此集,取詩千首,無體不備,無美不臻。

清・鄧華熙《重刻才調集補注序》(節録)

清刻本《才調集補注》卷首

《河岳英靈集》三卷,唐殷璠編。璠,丹陽人,序首題曰"進士",《書録解題》亦但稱"唐進士",其始末則未詳也。是集録常建至閻防二十四人,詩二百三十四首,姓名之下各著品題,仿鍾嶸《詩品》之體,雖不顯分次第,然篇數無多,而釐爲上、中、下卷,其人又不甚敘時代,毋亦隱寓鍾嶸三品之意乎?《文獻通考》作二卷,蓋字誤也。其序謂"爰因退迹,得遂宿心",蓋不得志而著書者。故所録皆淹蹇之士,所論多感慨之言。而序稱"名不副實,才不合道,雖權壓梁、竇,終無取焉",其宗旨可知也。凡所品題,類多精愜。

清・永瑢等《四庫全書總目》卷一八六(節録)

中華書局1965年版

篇中宋諱或避或不避,惟"廓"字寧宗嫌名,數見皆闕筆,蓋寧宗時刻也。丙寅冬初,郘亭校讀一過。

清・莫友芝《宋元舊本書經眼録》附録卷一

張劍點校《書衣筆識・河岳英靈集》

中華書局2008年版

以新收南宋本《河岳英靈集》校毛刻本,補正甚多,畢功凡三日。

清・莫友芝《郘亭日記》(同治五年丙寅十月二十日)

張劍、張燕嬰整理《莫友芝全集》

中華書局2017年版

唐宋選本，無慮數十。如元次山之《篋中集》、高仲武之《中興間氣》、殷璠之《河岳英靈》、芮挺章之《國秀》、姚武功之《極玄》、無名氏之《搜玉》，皆各自成書，不可以立教。其《文苑英華》詩則博而不精，姚鉉《文粹》詩又高古不恒，《歲時雜咏》，惟以多爲貴。趙紫芝《衆妙集》但選名句，而不論才；趙孟奎《分類唐詩》苦無全書；洪忠惠邁《萬首唐人絶句》止取一體；郭茂倩《樂府》但取歌行、樂府，而今體不具；王荆公《唐人百家詩選》但就宋次道所藏選成，此外所遺良多；方虚谷《瀛奎律髓》如初唐四傑、元和三舍人、大曆十才子、四靈、九僧之類皆有全書，惜所尚是江西派，議論偏僻，未合中道；令狐楚之《御覽詩》專取醇正，不涉才氣；韋端己之《又玄》則書亡久矣，今所刻者僞本也。惟韋縠《才調集》才情横溢，聲調宣暢，不入于風雅頌者不收，不合於賦比興者不取，猶近《選》體，氣韵不失《三百》遺意，爲易知易從也。

清・馮武《二馮評閲才調集凡例》(節録)

鏡烟堂藏板《删正二馮先生評閲才調集》卷首

嚴滄浪論詩云："盛唐諸人，唯在興趣，羚羊挂角，無迹可求，透徹玲瓏，不可凑泊，如空中之音，相中之色，水中之月，鏡中之象，言有盡而意無窮。"司空表聖論詩亦云："妙在酸鹹之外。"康熙戊辰春杪，歸自京師，居宸翰堂，日取開元、天寶諸公篇什讀之，于二家之言别有會意。録其尤雋永超詣者，自王右丞而下四十二人，爲《唐賢三昧集》，釐爲三卷。合《文粹》《英靈》《間氣》諸選詩，通爲《唐詩十選》云。不録李、杜二公者，仿王介甫《百家》例也。張曲江開盛唐之始，韋蘇州殿盛唐之終，皆不録者，已入予五言選詩，故不重出也。康熙二十七年七夕後王士禛阮亭書。

清・王士禛《唐賢三昧集序》

翰墨園重刊本《唐賢三昧集》卷首

古者六藝之事,皆所以涵養性情,而爲道德之助也,而從容諷咏、感人最深者,莫近於詩。故虞廷典樂,依永和聲,帝親命焉。成周時,六義領在樂官,而爲教學之先務。自《三百篇》降及漢魏六朝,體製遞增,至唐而大備,故言詩者以唐爲法。其時選本如《河岳英靈》《中興間氣》《御覽》《才調》諸集,其所收擇,各有意指,而觀者每有不遍不該之嘆。

清·康熙《御選唐詩序》(節録)

清康熙五十二年刊本《御選唐詩》卷首

殷璠撰《河岳英靈集》,持論既美,亦工于命詞,可以頡頏記室,續成《詩品》,惜其所載尚未備人。其首叙常建,云"一篇盡善者,'戰餘落日黄,軍敗鼓聲死'"。然而"深入强千里",似不知句法者。

清·毛先舒《詩辯坻》卷三

郭紹虞編選、富壽蓀校點《清詩話續編》

上海古籍出版社 1983 年版

芮挺章云:"道苟可得,不棄于厮養;事非適理,何貴于膏粱!"殷璠云:"名不副實,才不合道,縱權壓梁、竇,吾無取焉。"釋皎然云:"無爵命有幽芳可采者,拔出于九泉之中,使與兩漢諸公并列。"古人是非登降,不苟如此。若于鱗《詩删》,不寬元美而蔽茂秦,足稱雅正,可以觀德。近則家擅珠璧,裂眥争先,亦有予愛奪憎,好丹非素,風雅之役,兵戎劇焉。嗚呼！作者自難,選亦詎易道哉！

清·毛先舒《詩辯坻》卷三

郭紹虞編選、富壽蓀校點《清詩話續編》

上海古籍出版社 1983 年版

余自束髮喜讀唐詩，各大家專集而外，自唐人九種，歷宋、明以至國朝諸名流所纂唐詩各本，靡不畢覽。《英靈》《間氣》，拔三唐之萃矣，而限於時代；《篋中》《才調》，成一家之言矣，而域於方隅；方氏《文粹》，拘於昭明舊例，不及律詩；荆公《百家》，盡闕李、杜諸公，兼無長幅。自此以下，牴牾益多。篇帙富矣，而沉雄高雅之章，求之而每軼也；持擇嚴矣，而淺易頽唐之作，披之而輒在也。生平嘗積此恨。

管世銘《讀雪山房唐詩序例自序》
郭紹虞編選、富壽蓀校點《清詩話續編》
上海古籍出版社 1983 年版

殷璠獨遺工部，昭明廣録平原，選家好自矜尚，從古已然。浸淫至今日，北地也，濟南也，公安也，竟陵也，雲間也，反唇操戈，出主入奴，風雅之道委地矣。

清・葉矯然《龍性堂詩話》初集
郭紹虞編選、富壽蓀校點《清詩話續編》
上海古籍出版社 1983 年版

王右丞五古，盡善盡美矣，《觀别者》篇可入《三百》。孟浩然五古，可敵右丞。儲光羲詩是沮、溺、丈人語。高達夫五古，壯懷高志，具見其中。子美稱"岑參識度清遠，詩詞雅正"。杜確云："岑公屬詞尚清，用志尚切，迥拔孤秀，出于常情。"王昌齡五古，或幽秀，或豪邁，或慘惻，或曠達，或剛正，或飄逸，不可物色。李頎五古，遠勝七律。常建五古，可比王龍標。崔顥因李北海一言，殷璠目爲"輕薄"；詩實不然，五古奇崛，五律精能，七律尤勝。崔曙五古，載《英靈集》者五篇，高妙沉着。殷璠謂其"吐詞委婉，情意悲凉"，未盡其美。璠謂薛據"骨鯁有氣魄",斯言得之。陶翰詩沉健、真惻、高曠俱有之。璠又謂劉眘虚"情幽興遠,思苦語奇",得其真矣。餘如張謂、丘爲、賈至、盧象諸君,俱有可觀,合于李、杜以稱盛唐,洵乎其爲盛唐也。錢起、韋應物,體格稍异矣。

清・吴喬《圍爐詩話》卷二

郭紹虞編選、富壽蓀校點《清詩話續編》

上海古籍出版社 1983 年版

殷璠云:"名不副實,才不合道,縱權壓梁、竇,吾無取焉。"芮挺章云:"道苟可得,不棄於斷養,事非適理,何貴於膏粱。"真能特立,不昧心語。

清・沈德潛《説詩晬語》卷下

霍松林校注

人民文學出版社 1979 年版

唐詩選自殷璠、高仲武後,雖不皆盡善,然觀其去取,各有指歸。唯王介甫《百家詩選》,雜出不倫:大旨取和平之音,而忽入盧仝《月蝕》;斥王摩詰、韋左司,而王仲初多至百首,此何意也? 勿怖其盛名,珍爲善本。

清・沈德潛《説詩晬語》卷下

霍松林校注

人民文學出版社 1979 年版

岑嘉州,文本之後。杜子美嘗薦之于朝,表云:"參識度清遠,議論雅正,佳名早立,時輩所仰。"京兆杜確序略云:"南陽岑公,早歲孤貧,能自砥礪,遍覽史籍,尤工綴文,屬詞尚清,用志尚切。其有所得，多入佳境，迥拔孤秀，出於常情。”殷璠云：“參詩語奇體峻，意亦造奇。”佳句如“竹深喧暮鳥，花缺露春山”，“山店雲迎客，江村犬吠船”，“水烟晴吐月，山火夜燒雲”，“歸夢秋能作，鄉書醉懶題”，“還家劍鋒盡，出塞馬蹄穿”，“砌冷蟲喧座，簾疏雨到床”，“自憐無舊業，不敢耻微官”，“江村片雨外，野寺夕陽邊”，信乎志切辭清也。《送人到安西》云：“小來思報國。不是愛封侯。”《發臨洮將赴北庭留别》云：“勤王敢道遠，私向夢中歸。”《酬崔十三侍御登玉壘山》云：“曠野看人小，長空共鳥齊。”《送張子尉南海》云：“海暗三山雨，花明五嶺春。”《首秋輪臺》云：“秋來惟有雁，夏盡不聞蟬。”信乎“語奇體峻”也。

清・余成教《石園詩話》卷一
郭紹虞編選、富壽蓀校點《清詩話續編》
上海古籍出版社 1983 年版

殷璠云：“高常侍適性拓落，不拘小節，耻預常科，隱迹博徒，才名自遠。詩多胸臆語，兼有氣骨，故朝野通賞其文。”愚謂常侍詩如“歸人獨望樹，匹馬隨秋蟬”，“大都秋雁少，只是夜猿多”，“功名萬里外，心事一杯中”，俱令人吟諷不厭。殷獨深愛其“未知肝膽向誰是，令人却憶平原君”，語雖妙，然非集中極致之句。

清・余成教《石園詩話》卷一
郭紹虞編選、富壽蓀校點《清詩話續編》
上海古籍出版社 1983 年版

李東川頎《贈别高三十五》云：“五十無産業，心輕百萬資。屠酤亦與群，不問君是誰。”《送張諲入蜀》云：“出門便爲客，惘然悲徒御。四海惟一身，茫茫欲何去？”《送陳章甫》云：“四月南風大麥黄，棗花未落桐陰長。青山朝别暮還見,嘶馬出門思舊鄉。"《送劉昱》云:"八月寒葦花,秋江浪頭白。北風吹五兩,誰是潯陽客?"殷璠謂其"發調既新,修詞亦秀",確論也。"魚舟帶遠火,山磬發孤烟",亦東川五言佳句。

清・余成教《石園詩話》卷一
郭紹虞編選、富壽蓀校點《清詩話續編》
上海古籍出版社 1983 年版

殷璠云:"元嘉以還,四百年内,曹、劉、陸、謝,風骨頓盡。頃有太原王昌齡,魯國儲光羲,克嗣厥迹。且兩賢氣同體别,而王稍聲峻。"又云:"常建詩似初發通莊,却尋野徑,百里之外,方歸大道,所以其旨遠,其興僻。"兩評皆善。三人雖皆第進士,而王終于龍標尉,常終于盱眙尉。王猶不矜細行,常則無暇。儲歷官監察御史,禄山反,受僞署,賊平貶死。顧况序其集云:"挾身賊庭,竟陷危邦,士生不融,何以言命?然窺其鴻黄窈邃之氣,金石管磬之聲,如登瑶臺而進玉府。"薄其行而重其詩,可謂善於論斷矣。

清・余成教《石園詩話》卷一
郭紹虞編選、富壽蓀校點《清詩話續編》
上海古籍出版社 1983 年版

殷璠云:"劉昚虚詩情幽興遠,思苦語奇,忽有所得,便驚衆聽。頃東南高唱者數人,然聲律婉態,無出其右,唯氣骨不逮諸公。自永明已還,可傑立江表。惜其不永天年,隕碎國寶。"《明皇雜録》云:"天寶中,劉昚虚輩雖有文章盛名,流落不偶。"唐史著其爲江東人。今吾新吴上富,即公所居,猶稱爲古孝弟里。其"深路入古寺。亂花隨暮春","閑門向山路,深柳讀書堂"之句,可仿佛常建"曲徑通幽處,禪房花木深”兩句。徐侍郎倬謂其《積雪爲小山》一聯云:“以幽能皎潔,謂近可循環。”此劉君自評其詩。愚謂其“春浮花氣遠,思逐海水流”,亦是劉君自評其詩也。

清·余成教《石園詩話》卷一
郭紹虞編選、富壽蓀校點《清詩話續編》
上海古籍出版社 1983 年版

殷璠云:“張謂《代北州老翁答》及《湖中對酒行》,并在物情之外,衆人未曾説耳。”愚謂正言詩如“由來此貨稱難得,多恐君王不忍看”,不愧大臣之言。其《送莫侍御》詩云:“飲茶勝飲酒,聊以送將歸。”爲唐詩中用“茶”字之始。

清·余成教《石園詩話》卷一
郭紹虞編選、富壽蓀校點《清詩話續編》
上海古籍出版社 1983 年版

唐人選詩集者:玄宗天寶時,芮挺章選開元初迄天寶詩曰《國秀集》;殷璠選永徽甲寅迄天寶癸巳詩曰《河岳英靈集》;代宗廣德時,元結選開、寶間詩人不遇者七人詩曰《篋中集》;大曆時,高仲武選肅、代兩朝詩曰《中興間氣集》;憲宗元和時,姚合選二十三家詩凡百首曰《極玄集》,令狐楚選詩曰《御覽集》;哀帝天祐時,韋莊選一百五十人詩凡三百首曰《又玄集》;後蜀廣政時,韋縠選《才調集》:操選者凡八家。

清·余成教《石園詩話》卷二
郭紹虞編選、富壽蓀校點《清詩話續編》
上海古籍出版社 1983 年版

李、杜不選詩,至殷璠、姚合等乃爲之。唐人不著詩話,至宋人乃盛爲之。此可以悟詩之升降。陸務觀《示子》云:“汝果欲學詩,工夫在詩外。”至哉言乎! 可以掃盡一切詩話矣。

清・潘德輿《養一齋詩話》卷一
郭紹虞編選、富壽蓀校點《清詩話續編》
上海古籍出版社 1983 年版

殷璠《河岳英靈集》選王灣《江南意》云:“南國多新意,東行伺早天。潮平兩岸失,風正一帆懸。海日生殘夜,江春入舊年。從來觀氣象,惟向此中偏。”芮挺章《國秀集》選王灣《次北固山下》云:“客路青山外,行舟緑水前。潮平兩岸闊,風正一帆懸。海日生殘夜,江春入舊年。鄉書何處達? 歸雁洛陽邊。”殷、芮皆唐人,何所傳各异如此? 愚按“兩岸闊”“闊”字,不如“失”字之雋,而首尾四句,當以芮選爲正,殷選首尾詞意,殊欠老成。沈歸愚《別裁》亦主芮氏,而“失”字獨從殷氏,未免任意取攜。王新城删篡殷、芮選本,不加考訂;至《三昧集》,乃從芮氏,但注曰“一本作《江南意》”云云而已。

清・潘德輿《養一齋詩話》卷八
郭紹虞編選、富壽蓀校點《清詩話續編》
上海古籍出版社 1983 年版

《篋中集》王季友《寄韋子春》詩:“出山秋雲曙,山木已再春。食我山中藥,不憶山中人。山中誰余密? 白髮惟相親。雀鼠晝夜無,知我厨廩貧。依依北舍松,不厭吾南鄰。有情盡棄捐,土石爲同身。”而《河岳英靈集》王季友《山中贈十四秘書兄》云:“出山秘芸署,山木已再春。食我山中藥,不憶山中人。山中誰余密? 白髮日相親。雀鼠晝夜無,知我厨廩貧。有情盡捐棄,土石爲同身。依依舍北松,不厭吾南鄰。夫子質千尋,天澤枝葉新。余以不材壽,非智免斧斤。”字句互异,又多二韵。愚謂當以《篋中集》爲正,蓋季友本次山之友,故次山録之《篋中》,殷璠本不足據也。漁洋兩詩并選,絶不一加論斷。沈確士轉據殷本選入《别裁》,非是。又按季友詩最沈奥有古骨,然如《觀于舍人壁畫山水》詩云:“獨坐長松是阿誰,再三招手起來遲。于公大笑向予説,小弟丹青能爾爲。”未免質而有俚氣,靈而有稚氣。《英靈集》及《文粹》皆選之,漁洋又選之。

清·潘德輿《養一齋詩話》卷八
郭紹虞編選、富壽蓀校點《清詩話續編》
上海古籍出版社 1983 年版